闲时花下酒

颜小凰 著

江苏凤凰文艺出版社
JIANGSU PHOENIX LITERATURE AND ART PUBLISHING, LTD

图书在版编目（CIP）数据

闲时花下酒 / 颜小凰著. -- 南京：江苏凤凰文艺出版社, 2021.7
ISBN 978-7-5594-4735-7

Ⅰ. ①闲… Ⅱ. ①颜… Ⅲ. ①古典诗歌 – 鉴赏 – 中国 Ⅳ. ①I207.2

中国版本图书馆CIP数据核字(2020)第055086号

闲时花下酒
XIAN SHI HUA XIA JIU

颜小凰 著

责任编辑　李龙姣
出 版 人　张在健
总 策 划　邓　理
策划编辑　戴　婧
封面设计　創研設 BOOK Design QQ：418808878
内文设计　张娅君
出版发行　江苏凤凰文艺出版社
　　　　　南京市中央路165号，邮编：210009
网　　址　http://www.jswenyi.com
印　　刷　湖南天闻新华印务有限公司
开　　本　880mm × 1230mm　1/32
印　　张　8
字　　数　117千字
版　　次　2021年7月第1版
印　　次　2021年7月第1次印刷
书　　号　ISBN 978-7-5594-4735-7
定　　价　45.00元

诗词似花，
心事如酒

作者简介

颜小凰，天秤座，

中国古代文学专业硕士研究生。

可以几个月不出门的深度宅女，

喜阅读各类书籍，以古今中外的文学作品为主。

亦迷恋在路上的感知，

背包行走19年，梦想看遍世界上每个时区的太阳。

以浅淡之心待物，以君子之交待人。

内容简介

30首深入人心的古诗词，从西周春秋的《诗经》到元代的《蟾宫曲·春情》，这背后，是一段段动人心弦又曲折坎坷的爱情故事。

小时候，“郎骑竹马来，绕床弄青梅。同居长干里，两小无嫌猜”；

长大成少年，有了“窈窕淑女，君子好逑”的心思；

某天情愫顿开，才发觉“平生不会相思，才会相思，便害相思”；

分居异地时，默默祈祷着“只愿君心似我心，定不负相思意”；

最痛不过年老时，孤夜凄凉，不禁哀叹道“空床卧听南窗雨，谁复挑灯夜补衣”。

这些脍炙人口的金句，在三千年后的今天，读来依然让人有回肠荡气之感。爱情里的各种心思，穿越时间，与每个年代的人们相遇。这情愫的似曾相识，藏着许多不曾言说的人生哲理。

古往今来，这些唯美古诗词背后的爱情故事从未褪色。不妨在一个闲淡的下午，泡一杯清茶，读一篇诗词，亦不失为风雅。

目录

像　初　恋　那　样　，

用　尽　全　力
去　爱

——《国风·周南·关雎》

国风·周南·关雎

关关雎鸠，在河之洲。
窈窕[1]淑女，君子好逑。
参差[2]荇菜，左右流之。
窈窕淑女，寤寐[3]求之。
求之不得，寤寐思服。
悠哉悠哉，辗转反侧。
参差荇菜，左右采之。
窈窕淑女，琴瑟友之。
参差荇菜，左右芼[4]之。
窈窕淑女，钟鼓乐之。

〈1〉窈窕：美好的样子。
〈2〉参差：长短不齐。荇菜：一种水生植物，叶子浮在水面，可食。
〈3〉寤寐（wù mèi）：醒着为寤，睡着为寐。
〈4〉芼（mào）：采摘。

读《诗经》，首先被其韵律之美吸引，四字一句，抑扬顿挫，就算是懵懂孩童暂且不能理解字意，都能念得津津有味。然而光是读，还只是停留在声音的美感上，好比听歌时被旋律吸引。若是去看那些字句，一帧帧生动的画面便在眼前流动了起来。

《关雎》类似一部“窈窕淑女，君子好逑”的偶像剧。据说，这种叫“雎鸠”的水鸟外形英姿飒爽，气度非凡，除了长得好看，性情也值得赞赏，宋朝朱熹对它的夸奖是“生有定偶而不相乱，偶常并游而不相狎”，简直是德貌双全。

古代诗歌创作中常常使用比兴的手法。比是比喻，指由物产生了联想，使心有感触；兴是起兴，由心的感受出发，使之作用于物。《关雎》便是用了比兴的技巧，达到心物交感的境界。

德貌双全的雎鸠在水边关关和鸣，很自然会让我们联想到美好的爱情。就像人们见到鸳鸯总是出双入对，便将新婚用品如手绢、被罩等绣上鸳鸯，表达白首不相离的感情。又比如鸽子，常常终其一生只有一个伴侣，共同筑巢，轮流孵蛋，这种专情便用来比喻感情至深的情侣。关关雎鸠的画面，在男子心里埋下了爱情的种子。

“参差荇菜，左右流之”，通常的解读是在船的两侧去打捞长短不齐的荇菜。然而，荇菜本是一种漂浮在水面的植物，会随着水流左右摇摆，此句的比兴手法真是绝妙！结合全诗来看，女子就像左右流之的荇菜，男子想要靠近，却偏偏求而不得，这种情绪日夜萦绕心头，使之辗转反侧，饱受内心煎熬。不由得让人想到恋爱刚开始的时候，情窦初开的少年看见喜欢的女孩子，使出浑身解数想要博得美人青睐，却不料女孩的心思太难捉摸了，越是迫切地想要靠近，越是难以逾越中间的距离。那种手足无措的感觉简直像是百爪挠心。

换到现在，经历辗转反侧的相思之苦却久久没有结果，有些人可能就放弃了。恋爱还没开始便已失恋，大概是很多人的初恋写照吧。但诗中男子并没有在痛苦中沉沦，而是一次又一次付出努力，追求自己的幸福。功夫不负有心人，两人终于相识。为了拉近距离，“琴瑟友之”“钟鼓乐之”，这大概相当于包场请心上人看了场音乐会。

故事结尾，从琴瑟之声到钟鼓之鸣，我们可以从音乐的节奏和声音变化感知到男女感情的升温，虽然最后并没有指明两人有没有成为恋人，但这份执着追求心爱之人的过程，不免令人想起初恋时的青涩与用心。

三毛说：“每想你一次，天上飘落一粒沙，从此形成了撒哈拉。”去摩洛哥旅行的时候，我特别报了私人小团到沙漠里住一晚。带领驼队的当地人在平地升起一堆篝火，夜空里繁星闪烁，在寂静无声的沙漠之中，我想起三毛和荷西的故事。

初识之际，三毛在马德里上大学三年级，比她小几岁的荷西还是一名高中生。荷西常常逃课去看三毛，三毛却并未对比自己小几岁的荷西心生情愫，只觉这个男孩长得真好看啊！当有一天，荷西认真地对她说：“Echo，你等我6年好吗？大学4年，兵役2年，然后我们结婚。”三毛第一次拒绝荷西，故意说自己有男朋友了，让他不要再来找她。荷西眼中含着泪，却带着微笑倒退离开，边走边挥着帽子说：“Echo，再见！”从此，荷西保持着礼貌的距离，三毛的男朋友也在不断更换。时间一晃就是六年，荷西的朋友带来一张照片和一封信给三毛，那时，他已经长成大男孩。6年之约，只是荷西一个人的坚持罢了。三毛过着自己的生活，回到台湾之后，因未婚夫遭遇意外去世，她带着痛苦再次回到西班牙。再次重逢之时，荷西对三毛的爱依然没有改变，他们浪漫又疼痛的爱情从这里才真正开始。

少女时候看三毛的书，就常常被她和荷西的爱情打动。是什么样的力量，才可以让一个人对待另一个人有着无限的耐心与宠溺？那份对待爱情的执着与坚定，才是我们真正被感动的原因吧。

从古至今，爱情的发生常常是毫无道理可言的。还记得豆蔻年华爱上的第一个人吗？好像就是某个瞬间的事情，你看见他，内心就无端产生了一种难以名状的情感，让你想要靠近他，为他付出，甚至是只要每天能见到他，能与他在一起待上片刻，都会感到无比地满足与快乐。你也说不清楚这是为什么，但他的一颦一笑、举手投足，在你眼里都是最美的画面。

初恋时候的单相思，就像是一出冗长又庞大的独角戏。走在路上看见每一处风景都想到他，书中的每一行字，歌曲里的每一句词都在描写他，醒着的时候满脑子都是他，连睡着了做个梦，梦里的一切也都围绕着他。他就是你的世界，你的银河系中心。

那时候，只恨自己没有吸睛的超能力，让他立刻就能注意到自己。所有偶像剧里的桥段不都是如此吗？脑子里、心里装的都是那个人，他可以让你像打了鸡血一样兴奋，拥有满满的动力，也可以让你愁绪延绵，翻来覆去无法入睡。

初恋时虽然不懂太多的套路，却能够倾尽所有去制造见面相处的机会，挖空心思去对他好。约吃饭，看电影，替他抄笔记，在寒冷的冬天起个大早，只为给他带一份暖心的早餐……那时候，从来不怕做得太多，只会担心做得不够。

可是，不知从什么时候起，我们的脑海里、心里住进太多世间纷杂，再也无法如此纯粹地去对一个人好。我们不再将自己的所有悉数给予另一个人，也不再相信会有一个人能无条件地为自己付出。成长的代价，是让我们失去了面对未知的勇气，越发包裹起自己的内心，警惕地防备着外界的入侵。因此，那些留存在记忆中的单纯的过往，才显得弥足珍贵。

整首诗，最让我感动的是男子并没有因求之不得而退缩放弃，而是奋勇追求自己喜欢的女子，想办法靠近她，并用尽心思令她快乐。这种纯洁美好的过程，用尽全力地去爱，才是初恋最令人怀念的原因吧。

默　默　守　护，

是　唯　一
爱　你　的　方　式

——《国风·周南·汉广》

国风·周南·汉广

南有乔木，不可休思。
汉有游女，不可求思。
汉之广矣，不可泳思。
江之永矣，不可方思。
翘翘错薪[1]，言刈其楚[2]。
之子[3]于归，言秣[4]其马。
汉之广矣，不可泳思。
江之永矣，不可方思。
翘翘错薪，言刈其蒌[5]。
之子于归。言秣其驹。
汉之广矣，不可泳思。
江之永矣，不可方思。

<1>翘翘（qiáo）：高高的样子。错薪：杂乱的柴草。
<2>言：语助词。刈（yì）：割。楚：荆条。
<3>之子：那个女子。
<4>秣（mò）：喂牲口。
<5>蒌（lóu）：蒌蒿。

如同《诗经》中很多爱情一样，他与她的爱情故事，亦是发生在水边。遗憾的是，这份爱情只是一个人的单相思。

汉江之水浩荡宽广，将土地分成南北两岸。

温暖的南岸，树木长得高大茂盛，杂草葳蕤丛生。他每天都穿行在这片土地，割蒌蒿与荆条，将大树和灌木砍伐成一捆捆的木柴。

那天，他兴许是劳作累了在树荫下休息，兴许是感觉渴了去河边取水喝。而她，就是在这样的不经意间出现在眼前。世上万千人，唯有她的身影，闯入了男子的心扉。爱情就在这时发生了。

可是“南有乔木，不可休思”，南边的树木长得特别高大，但“高树靡阴”，树太高了便没有树荫，就算近在咫尺，也没法靠在树下歇息。就像“汉有游女，不可求思”，河对岸有位出游的女子，让人心生喜欢却不能追求。短短两句话，将一份无望的感情摆在了面前。

游女，亦有汉水女神的意思。比喻河对岸的女子就像汉水女神一样，圣洁又美好，虽然无法靠近也无法掌控，却唤醒了青年樵夫内心的爱意。无奈的是，汉水这么宽广，就像横亘在两人之间无法逾越的距离。都说距离产生美感，兴许就是这宽广的江河，让美人在倾慕者的眼中如同神一般美好。

这样的情境不免让人想到《平行世界的爱情故事》开头部分。敦贺崇史每天在同样的时间乘坐山手线，站在同一个位置。完全不同线路的京滨东北线会向着同一个方向行驶，路过同一个车站。因为有一段并列行驶的时间，透过车窗可以看见对面列车上乘客的面容。崇史就在这样的日复一日中爱上了京滨东北线上那个有着一头乌黑长发和大眼睛的女孩。

可是，对面的世界哪怕看起来再近，也无法产生交流。一年后，崇史乘坐了京滨东北线，跑到女孩一直站立的位置，却在山手线擦肩而过时，发现女孩的身影出现在了对面列车的玻璃窗里。在列车到交会的车站停靠时，崇史匆忙换乘到自己乘坐了一年的那列车，却怎么都找不到那个女孩。

此时，两列交会的火车开始向着不同的方向徐徐远去。

诗中写道，汉水如此的宽广，要跳入水中游到对岸是不可能的；汉水川流不息，想要乘坐木筏摆渡到对岸也是心有余而力不足呀。崇史与女孩的距离，就像是诗中樵夫与河对岸女子一般，明明离得很近，却始终不可触及。

但崇史到底还是去努力了一番，诗中的樵夫却在开篇便列出种种客观原因，表达这份感情的不可能，引发了后人许多无端猜测。有人解读此句，认为“汉广”之“广”并非江河的地理距离，而是青年樵夫与女子的身份地位悬殊，年龄差距颇大，家族的门第之见，或是自身的条件相差太大，甚至还有解读认为是阴阳相隔或是君子与君子之恋。

从古至今，忘年恋与同性恋国内外皆有，富家小姐爱上穷书生的故事就更是不胜枚举了，在普遍的爱情观念里，若是遇见心爱的人，哪怕有再多障碍，也会努力争取一番吧！

回顾我们上一篇读到的《关雎》，男子是想法设法靠近女子，哪怕在“求之不得，辗转反侧”的煎熬之后，也没有放弃努力，而是“琴瑟友之”“钟鼓乐之”，最后总算拉近了距离。《汉广》的男主角却认了命，他既不怨天尤人，也不移情别恋，就那么平静地默默地爱着对方。我们知道，周人是有着浪漫主义情怀的，樵夫的爱情观未免太豁达了，真是让现代人无法理解。

为什么他会如此矜持自制呢？这就不得不提到周文王那个年代的社会伦理和习俗制约了。

《毛诗序》即云："文王之道被于南国，美化行乎江汉之域。"周文王推崇文明、礼貌、和睦、孝道，对待男女之情鄙视淫乱，这种道德教化在江汉流域被美化并广为流传。看来，是文王的道德教化对青年樵夫产生了深远影响。所以，他只能隔着"盈盈一水间"，却是"脉脉不得语"。

开篇连续四个"不可"，让人不由得想到佛教中的一句话："不可言说不可说，充满一切不可说。"放到青年樵夫的身上，是明明心怀爱慕，却没法说出口，这份感情不可说，也不可求，真是痛苦。

青年樵夫却并未沉浸在痛苦中，他独自坐在河岸，心中思念不断蔓延，想得越久，便想得越远，已经想到对岸那位女子出嫁时的情景。

"翘翘错薪，言刈其楚"，此句表面是青年樵夫砍柴的场景，却暗合心仪女子将要出嫁之实。魏源在《诗古微》中有云："三百篇言娶妻者，皆以析薪为兴，盖古者嫁娶必以燎炬为烛。"翘薪刈楚，在这里就有了双层含意，既与后文的"之子于归"呼应，又可视为青年樵夫的劳作之景。

有解读认为，这是青年樵夫心怀爱意，却在现实的阻隔中感到失落之后，幻想自己有朝一日迎娶女子成为新娘的情景。

可是，周人的浪漫又何止于此呢？兴许，青年樵夫是为了有朝一日能与心爱的女子见上一面，宁可接受新郎不是自己。

他砍了柴做什么呢？“之子于归，言秣其马”，心仪的女子出嫁时，漫漫长路，要为她喂饱驮嫁妆的马，也算是为自己所爱之人尽了一份绵薄的心意。读到此处，青年樵夫的形象顿时高大起来。即便她将要嫁人，新郎不是他，感情上亦无怨无悔，只希望她能幸福。这种对待感情的胸怀和人性的温暖让人不禁动容。

特蕾莎修女说：“至爱无法衡量，至爱就是付出。”陈小春却在歌里唱着“不肯祝你两人恋爱愉快”“肯祝福你有如肯放下你”。在单恋者的世界里，明知爱情无望，还是愿意花光心思为对方付出的并不多见。《汉广》这首诗的主人公却刚好就是这样一个傻傻单恋着的人。

诗中女子是幸福的，单恋的青年樵夫摆脱了人性的自私，像对待女神一样，将她视为审美对象。虽然这段情缘不能结合，但并不妨碍青年樵夫用一颗平常心去欣赏她，平静长久，不计得失。她在他的心里，已是一种美好的存在。

爱上某人或者被某人爱上，原本是温柔美好的事情。《圣经》上对爱的真谛的解读是：“爱是恒久忍耐，又有恩慈。爱是不嫉妒，爱是不自夸，不张狂。不做害羞的事，不求自己的益处，不轻易发怒，不计算人的恶。”如此想来，若是真心爱一个人，能看见他过得幸福快乐，心底也会觉得安慰吧。

可是，现实却远远不如诗中温柔美好。在很多时候，感情上的自私会让人心变得狭隘，一旦被那种“得不到就毁掉”的愤恨攫取了心智，感情就成了内心的魔鬼，随时可能做出自伤或伤人的过激行为。

记得曾在网络上看到不少可怕的新闻：某青年男子因追求不到喜欢的女子，连续数刀将人砍死；男子被女方拒绝后纠缠不休，某天守在她回家的必经之路，要拉着对方同归于尽。

感情的功利与得失心屡见不鲜，这些可怕的人因为嫉妒而做出荒唐的事情，在面对镜头时，他们仍不自知罪过，斩钉截铁说着自己有多爱对方。每次看到这样的新闻，都让人心生寒战，生怕遇人不淑，连小命都保不住。要知道，偏执与阴暗并非爱情。

爱，这是一个多么温和的字眼啊，如同和煦的阳光带给大地以无形的温暖。爱，应当是一种温柔如水的心情。

这首诗中，青年樵夫对待心中女神的爱，脱离了人性的自私与占有欲，他清醒明白地知道这段感情只是单恋，河对岸的女子可能连他是谁都不知道，但他依旧希望能够一己之力去默默守护，为她做些什么。全诗读来，莫名的忧伤与温暖在胸中激荡。

感情，能够两情相悦是最好，若是不能，愿你也能放过自己，放过对方。有时候，默默地守护亦是一种别样的爱与温暖。

风雨飘摇的
日子里，

也要
心有阳光

——《国风·邶风·终风》

国风 · 邶风 · 终风

终风且暴，顾我则笑，
谑浪笑敖<1>，中心是悼。
终风且霾<2>，惠然肯来，
莫往莫来，悠悠我思。
终风且曀<3>，不日有曀，
寤言不寐，愿言则嚏。
曀曀其阴，虺虺<4>其雷，
寤言不寐，愿言则怀。

<1>谑（xuè）浪笑敖：谑，调戏。浪，放荡。敖，放纵。
<2>霾：阴霾。空气中悬浮着的大量烟尘所形成的混浊现象。
<3>曀（yì）：阴云密布有风。
<4>虺（huǐ）虺：形容雷声。

JS组合有首老歌叫*Say Forever*，在我懵懂的少女时代，每次听到这首歌，心里都会泛起涩涩酸楚。“我一个人不孤单，想一个人才孤单。有伴的人在狂欢，寂寞的人怎么办？我边想你边唱歌，想象你看着，被感动了，我被抱着，眼泪笑了……”

这种思念的感觉，真的就像歌中所说，欢乐却无声的长街对于窗内形单影只的人如同一张卡片，一个人呼出寒冷的空气，思念的心情如同下了一场雪。狂欢过后最是寂寞，若是从来没有出现过另一个人，倒也罢了，一个人过着过着成了习惯，兴许也能享受孤独，偏偏曾经拥有相伴的美好日子，独处的时候才会被思念折磨。

《终风》这首诗在古代被认为是庄姜伤己之作，《毛诗序》中言：“《终风》，卫庄姜伤己也。遭州吁之暴，见侮慢而不能正也。”诗中情意缠绵，思念无限，不知怎的会跟庄公宠妾之子州吁扯上关系。朱熹的《诗集传》说：“庄公之为人狂荡暴疾，庄姜盖不忍斥言之，故但以终风且暴为比。”认为此诗是庄姜以终风且暴类比丈夫。

《诗经》中好些篇章都被认为与庄姜有关，她是《硕人》篇中描写的美人原型，是《柏舟》篇中愁绪不断却无处诉说的女子，是《绿衣》篇中失位伤己的妇人，是《日月》篇中幽愤满腹的弃妇，是《燕燕》篇中沉痛惜别的哀情女子。这些诗歌到底是不是出自庄姜之手，我们姑且不论，先来看看她的故事。

庄姜是美丽的齐国公主，齐庄公之女。出生高贵的她，被嫁给了国君卫庄公。婚礼当天，举国欢腾，送亲的队伍阵势浩大，场面风光无限。到卫国境内，她的美貌也引起了轰动，所有围观的百姓都在歌颂她的美丽。然而，再显赫的身世地位，再非凡的美貌才情，对于出嫁后的庄姜都只是过眼云烟。这本就是一桩政治婚姻，再加上庄姜婚后无子，处境愈加凄凉。卫庄公娶了厉妫，又娶了厉妫的妹妹戴妫，对庄姜更是冷脸相待，甚至脾气暴戾。她常常孤枕难眠，彻夜以泪洗面。

结合庄姜的故事来读此诗，我倒觉得有几分像是她在冷宫寒夜里的幽幽情思。相比现代学者解读此诗，认为是被丈夫玩弄嘲笑的弃妇诗，我更倾向于认为是一个在感情中受冷落的女子的内心戏。

此诗起句便描述了一种阴沉沉的天气，奠定了全诗的情感基调。在狂风大作的天气里，内心也更显孤单和慌乱。当对方爱着你的时候，笑容之中满是甜蜜与宠溺，不爱了，便只有嘲讽与轻蔑。诗中女子的处境如此卑微，对于变心的丈夫而言，她比墙角的一件家具更显多余。

诗中女子嫁为君妇，却得不到丈夫的垂怜与陪伴，她在这深宫之中整日整夜地眺望，也只能望见狂风大作吹得树木歪倒，叫她内心如何不悲伤。“终风且霾”，是大风刮起尘土飞扬。而今，女子凭窗眺望，却怎么都等不到他的身影出现。没有来往，没有陪伴，独守空房的日子里，她那绵绵不绝的思念，他又知道多少？

遮天蔽日的阴霾，让心情也变得沉重。她辗转反侧无法入眠，内心里仍抱着丝丝期待。民间有个说法，“打喷嚏就是有人在想你”。诗中女子认为，如果他也在想她，那么她就会打个喷嚏。

可是，直到诗歌末尾，阴晦的天空中雷声轰轰，我们可以感知到，诗中女子孤独与思念的哀怨更深了。她的期待终究落了空，心中想念的人并没有出现，徒留悲伤无处寄放。

亘古不变的，唯有时间与爱情。

朋友小陶生活在江南水乡的一座小城里，她原本是个性格开朗的姑娘，热爱旅行与聚会，只要有她在场，整个空间都会充满欢笑与阳光。

她是个古灵精怪的家伙，总能变着花样想出很多新奇点子。在小伙伴们心中，小陶就是传说中那种“有趣的灵魂”。大家坐在一起时，常常打趣她，不知道未来有谁能够将这个可人儿抱回家？

不出所料，在朋友之中，讨人喜欢的她最先步入婚姻。带着期许与热恋的兴奋，她远离江南，嫁到北方的一座城市。时间一晃就过去好些年，小陶也渐渐从朋友们的视线中销声匿迹。

直到某天夜里，她忽然打来电话，刚开口便忍不住大哭起来。她说自己再也忍不住了，丈夫在外面有别的女人，彻夜不归的次数越来越多，她好想念好想念曾经的快乐，却怎么也笑不出来。

小陶不停抽泣着，想要将这几年的委屈倾泻而出，情绪涌动，如同开闸的洪水，说出口的话都语无伦次。

最初的蜜月期，她沉浸在爱情的甜蜜之中，幻想着未来白头到老的生活。她常常移动家具摆放的位置，花瓶中总有不同的鲜花与当季的色彩搭配，目光所及之处满是新鲜和浪漫的氛围。

她开始学着下厨做菜，买回一大堆菜谱，业余时间还报了短期班学习烘焙面包。她内心里满满的爱意化成各种行动，热情地投入到婚后的生活之中。

然而，感情的保质期有时太过短暂。一段时间后，丈夫便对她的小心思丧失了兴趣。他借口工作忙，对她精心准备的一切视而不见。回到家中，既不想听小陶积攒的趣事，也没有什么话想对她说，给的理由是工作太累只想安静地休息一会儿。

面对一个不再珍视你的人，无论做多少事情，也改变不了任何现实。一而再，再而三被打击，小陶内心终于绷不住了。他们大吵了一架，从此之后，丈夫更对她爱理不理。

偶然的一天，她发现了丈夫与其他女人的暧昧信息。在爱情变故的过程中，凭借女人的直觉，她脑海中并非没有闪过这样的念头，只不过，潜意识在内心拒绝接受。当残酷的现实就这么出现在眼前，不容她找任何借口时，小陶崩溃了。

最后一层窗户纸被捅破时，两人的关系也陷入更为无法挽回的僵局。她内心里的期待一点一滴被时间消磨，直至损耗殆尽。

几个月后，小陶回到江南的故乡。坐在一起的还是当年那一群朋友。她瘦得像棵柔弱的豆芽菜，脸上却绽放出了新的生机。

“我想通了。即便爱情死了，生活还是要继续。”小陶笑着举起杯，“祝我在风雨飘摇的日子里也能心有阳光！”

想起那天夜里，小陶独自在异乡对着电话号啕大哭的模样，已似一场旧梦。我能感知到她如何一针一线缝补起自己千疮百孔的心，咬牙忍着疼痛，从沉重黑暗的夜里一步步走向黎明。看着她恢复对生活的信心，重新展露出笑容，作为朋友，我感到无比欣慰。

回到诗中，诗中女子在爱情中遭受冷落，日日夜夜无法入睡，那种思念与凄凉，明知无望却又无法绝望的心态，读来令人如鲠在喉。可是，爱情里的伤痛，终究需要内心的力量才能治愈。

假使无法主宰爱情里的聚散离合，也希望你在阴霾的天气里能够保持着心中的阳光。毕竟，未来的人生还很长。

你　的　每　一　种
花　样　，

我　都　喜　欢

——《国风·邶风·静女》

国风·邶风·静女

静女其姝，俟我于城隅[1]。
爱而不见，搔首踟蹰[2]。
静女其娈[3]，贻我彤管。
彤管有炜[4]，说怿女美[5]。
自牧归荑[6]，洵美且异[7]。
匪女之为美，美人之贻。

〈1〉俟（sì）：等待。城隅：城角隐僻处。
〈2〉踟蹰（chí chú）：徘 徊。
〈3〉娈（luán）：美好的样子。
〈4〉炜（wěi）：鲜明的样子。
〈5〉说怿（yuè yì）：喜爱。女：通“汝”，指红管草。
〈6〉荑（tí）：初生的白芽。
〈7〉洵：实在。异：奇异。

天真无邪、古灵精怪的女子总是惹人喜欢的，她们有层出不穷的小花样，让爱情像春天一样充满美好和惊喜。

读这首诗，感到春天野外的恋爱气息扑面而来，令人联想到在蓝天白云下，微风拂面，阳光正好，一对少男少女相约到城边，浪漫的花草生机勃勃地迎风摇曳，微妙的心思在这片土地上滋生。

诗中大概讲述了这样一个故事。一位美丽的女子，相约心上人到城边见面。这让男子心神荡漾，似乎这天的阳光特别明媚，花朵特别香。他心情愉悦，早早来到约会的地方，却没有见到心中的姑娘。等待是最磨人的，他走来走去，四处张望，不停挠着头想：到底是姑娘记错了时间，还是自己弄错了地点。

恋爱中的情侣，有各式各样的相处方式。诗中姑娘有着俏皮的性格，故意躲起来，看到男子心神不安的模样，知道他是那么期待与自己相见，乐得独自掩嘴偷笑。

后面两节, 写的都是女子赠送男子信物的场景。在后世的解读中, 对彤管的含义颇有争议, 但无论是笔、乐器, 还是植物, 对于男子来说, 眼中只有姑娘的美。更让他记忆深刻、心中激动的, 是女子在郊外放牧的地方采了茅草赠予他。

白茅草的意象，在《召南·野有死麕》中多次出现："野有死麕，白茅包之。有女怀春，吉士诱之。林有朴樕，野有死鹿。白茅纯束，有女如玉。舒而脱脱兮，无感我帨兮，无使尨也吠。"在古代，白茅是用来祭祀的，有着纯洁与和谐之意，在民间风俗中，有着婚姻恋慕的意味。

这些收到礼物的记忆让男子感到甜蜜与快乐，是"匪女之为美，美人之贻"。因为心中有爱，她的一切都是美的，一切都是好的，哪怕只是一束茅草，从女子的手中递过来，也看起来特别漂亮。

我有一个朋友，初恋的时候，女友从作业本上撕下一条，用英文给他写了一张小纸片："Do you mind I love you？"他偷偷收起来，放在卧室带锁的抽屉里，一收就是十年，中间搬家两次，也没有扔掉。这一天，对于他而言就是珍贵的纪念日，纪念他们青涩爱情的开始。她顺手摘下一片叶子送给他，他会仔细地夹在日记本里收藏好。她给他发的每一条信息，哪怕只是一串数字，他都不舍得删掉。

爱情好像有种魔力，可以让平凡的日子变得意义非凡，让不起眼的东西变得熠熠生辉，让毫无营养的无聊话题变得温馨甜蜜，因为“匪女之为美，美人之贻”，只要是心爱之人赠送的东西就像宝贝一样，与心爱之人待在一起的时间就值得反复回味。

诗中女子的古灵精怪让我想到很久之前的一部韩国电影《我的野蛮女友》。电影中全智贤扮演的女主角美丽又霸道，她为了知道河水有多深，把傻萌的男主角推进河中；在咖啡店问男主角要喝什么，他回答可乐，她偏叫来两杯咖啡；因为高跟鞋磨脚，竟然要求与男主角换鞋子穿。

她的鬼点子超级多，当我们看着这些画面大笑的时候，又不时被戳中泪点。男主角对她的新男友说的那段话，让人记忆犹新：“第一不要叫她温柔。第二不要让她喝三杯以上，否则她见人就打。一定要喝咖啡。如果她打你，一定要装得很疼；如果真的很疼，那要装得没事。你们认识的第一百天，一定要去她班上送一支玫瑰，她会很喜欢。你一定要会击剑、打壁球。另外，还要随时有蹲监狱的准备。如果她说她会杀了你，那么不要当真，这样你还能好受些。如果她的鞋穿着不舒服，要和她换。最后，她喜欢写东西，要好好鼓励她。”

所有的时间，所有的记忆，所有的礼物，都是因为注入了爱情，才有了珍贵的烙印，才值得好好收藏。相处时的逗趣，无聊时的惊喜，出其不意的小动作，这些都是恋爱时层出不穷的小花样。

《静女》篇从头到尾，每一个场景，男子都在不停地夸赞女子，贞静娴雅、面目姣好，甚至爱屋及乌到与她有关的任何东西，他都觉得“洵美且异”。

在金庸老先生的小说《射雕英雄传》中，郭靖与黄蓉的爱情也如这首诗中的男女一样羡煞旁人。

黄蓉的父亲是东邪黄药师，母亲是有着过目不忘本领的冯蘅。她不仅俏丽可人，还琴棋书画样样精通，可谓是集美貌与才华于一身的美人。她机敏无双，也刁蛮任性，连黄药师都拿她没办法。

黄蓉与郭靖的第一次相遇是在张家口。黄蓉装扮成小乞丐离家出走，遇见了天生呆萌的郭靖。他觉得小乞丐凄惨，心生善意，要请黄蓉吃饭。从没离开过草原的他，觉得牛肉和羊肝便是至上的美味。黄蓉见他痴傻，点了一堆干果蜜饯，8个下酒菜，12道下饭菜，外加8份点心，狠狠宰了他一顿。饭桌上，黄蓉高谈阔论风土人情，郭靖只知草原趣事，觉得这个小兄弟见识广博，心生佩服。两人相谈甚欢，心地善良的郭靖还将自己的貂皮大衣和汗血宝马都送给了这个潇洒自在的小兄弟。

此番一别，许久未见。后来，郭靖赴宴时偶得一果盒，里面是精致的点心，他心想："黄贤弟爱吃精致点心，我多留些给他。"于是，怀揣点心，准备带给黄蓉，哪知一路奔波后，点心压得或扁或烂。再见面时，黄蓉已是女子装扮。他红着脸说"吃不得了"，要扔进湖中，却被黄蓉接过去，说了句"我爱吃"，已拿起一块放进嘴里。

一份好的爱情，大概就是爱你所有的样子，永远把你当成小孩。就像诗中女子的俏皮，就像野蛮女友的霸道，就像黄蓉的鬼马精灵，所有的任性、撒娇、放肆、捣乱，在爱她的人眼中都是可爱。

我们常常梦想有这样一个人，无论你在安静看书，专注打游戏，跟着电视手舞足蹈，还是懒洋洋地窝在沙发里，他都在不远处微笑地看着，像是永远都看不够。他会心疼你，不舍得让你多干活，不舍得让你承受太大压力，他会尽力去保护好你的梦想，让你做自己喜欢的事情，比如逛街、美容，又比如旅行、做手工，只为让你热爱生活。

就像罗伊·克里夫特在诗《爱》中写的那样：

我爱你，不光因为你的样子，还因为，和你在一起时，我的样子。

我爱你，不光因为你为我而做的事，还因为，为了你，我能做成的事。

我爱你，因为你能唤出，我最真的那部分。

我爱你，因为你穿越我心灵的旷野，如同阳光穿越水晶般容易。

我的傻气，我的弱点，在你的目光里几乎不存在。

而我心里最美丽的地方，却被你的光芒照得通亮……

《静女》篇恰好向我们解读了“情人眼里出西施”的含义，在爱情的光芒下，对方的一切看起来都惹人喜欢，调皮是可爱，反应迟钝是可爱，连懒惰都看起来特别可爱。

在你的生命之中，是否也曾有那样一个人出现过？他发现了你与众不同的美丽，爱着你所有的样子。

那些得不到父母祝福的爱情

——《国风·鄘风·柏舟》

国风·鄘风·柏舟

汎[1]彼柏舟，在彼中河。
髧彼两髦[2]，实维我仪；之死矢靡它。
母也天只！不谅人只！
汎彼柏舟，在彼河侧。
髧彼两髦，实维我特[3]；之死矢靡慝[4]。
母也天只！不谅人只！

〈1〉汎：即泛，浮行。这里形容船在河中不停漂浮的样子。
〈2〉髧（dàn）：发下垂貌。髦（máo）：齐眉的头发。
〈3〉特：配偶。
〈4〉慝（tè）：通“忒”，变，更改。

《诗经》中有两首《柏舟》，一是《邶风 · 柏舟》，以婉转回荡的表现手法，在意象中寄情，说的是妇人在夫家不受宠爱，跑回娘家诉苦，反倒被兄弟数落一番；二是《鄘风 · 柏舟》，以直白有力的呼喊表达真情实感，讲述爱情遭受到母亲的阻挠时，情绪激烈的抗争。

《毛诗序》的解读，认为这首诗是共姜自誓之作。朱熹在《诗集传》中也写道："卫世子共伯蚤死，其妻共姜守义，父母欲夺而嫁之。故共姜作此以自誓，言柏舟则在彼中河，两髦则实我之匹，虽至于死，誓无他心。母之于我，抚育之恩，如天罔极，而何其不谅我之心乎？不及父者，疑时独母在，或非父意耳。"这个故事说的是春秋时期，卫世子共伯夫妇感情深厚，十分恩爱。共伯早早仙逝后，其父母想要共姜改嫁，但共姜内心铭记着曾经的海誓山盟，发誓对共伯的爱情至死不变。古人把丧夫称为“柏舟之痛”，夫死不嫁称为“柏舟之节”就是出于这个典故。旧说多以共姜自誓的故事解读此诗，但我细细读来，却对这种说法不敢苟同。

诗经的鄘风是鄘国一带的民间歌谣，当时很多民歌都是描绘男女青年婚恋过程中的感受。《周礼·媒氏》有云：“仲春之月，令会男女；于是时也，奔者不禁。”在二月春天，周朝男女是可以自由选择对象的，政令给了青年男女一定程度上的婚恋自由，但这种自由又常常受到家庭和礼法制度的干涉。诗中讲述的，便是这样一个故事。

从“髧彼两髦”可以看出，男主角是个少年。在古代，常常会用发型来表达年龄，“两髦”是古代儿童的发式，指头发分垂两边至眉。按周制，男子二十岁行冠礼，表示性成熟，可以婚嫁。从发型上判断，诗中男子应该是个不到二十岁的少年。

“汎彼柏舟，在彼中河”，“柏舟”在水中飘荡，象征着一种自由的精神。根据字面意思来理解，诗中讲述的是待字闺中的姑娘喜欢上了一个少年，这少年有着齐眉的刘海，俊朗飘逸，是姑娘倾慕的对象。于是，姑娘大胆地表达了自己的爱意，“髧彼两髦，实维我仪”。但古代的婚姻，得有父母之命，媒妁之言，很不凑巧，姑娘喜欢的少年，母亲却不看好，也许是因为两人年龄不合适，也许是家庭门第的差距，总之，两代人择偶观念的迥异导致爱情有了危机。

对于姑娘而言，颜值高已经足够成为爱情发生的理由，哪里还顾得上家境如何，人品如何。但在母亲看来，门当户对显然比儿女的情感更为重要。诗中并未对少年的情况做介绍，兴许女儿对他也知之甚少，母亲又怎么可能把女儿嫁给一个来路不明的少年呢？尽管遭到母亲的坚决反对，姑娘却不愿放弃自己的选择，在交流无望的情况下，她斩钉截铁地说道“之死矢靡它”，发誓死都不会改变心意。

爱情与家庭的冲突，让姑娘痛苦地仰天长叹“母也天只！不谅人只！”为什么母亲就不能理解她的心意？诗中直抒胸臆的表达，愤懑情绪的迸发，让人感觉到强烈的反抗意识。这种恋爱自由的观念在古代鲜为人知，正是此因，司马相如和卓文君的故事才会被世代传颂。

无论在古代还是现代，青年男女可能因为任何原因喜欢上一个人，父母却大多会凭自己的人生经验为子女选择对象，相比之下，年轻人更在意感觉，而长辈们更在意子女未来生活的条件，出发点的不同必然会导致选择上的冲突。

诗中只是表达了姑娘在感情上的执着与反抗，却没有继续讲述故事的结局。现实中，那些不顾父母反对，一意孤行跳入婚姻的人们，最后到底过得怎么样呢？

隔壁的纯子给我讲了这样一个故事。出生在富商之家的女孩回国时，在机场被人拿错了行李箱，几经辗转，终于由机场工作人员联系到那名乘客，也因此结识了那个男孩。

从那天起，男孩便展开了穷追不舍的行动。这样的巧合，在未经世事的女孩看来，就像是命中注定一般。她动了心，相信男孩所说的一见钟情，并不顾父母反对，与他结为夫妻，为他生下两个女儿。

男孩原本是一家公司的业务员，偶然一次出差国外，却不料在匆忙之中拿错了行李。当他第一次站在女孩家的豪宅门口时，内心已打定主意要将她迎娶过门。

独生的宝贝女儿，就算再不听话，父母也还是从心里疼爱。婚后，男孩说不想一辈子为他人打工，想要自己投资创业，用自己的能力给女孩更好的生活。她被感动了，丝毫没有犹豫就拿出自己所有的积蓄，给男孩做创业启动资金。

然而，不久之后，男孩的事业便以失败告终。他常常在外喝酒喝到半夜才回家，没过多久，又眉飞色舞说起另一个新项目。他描绘了一张美丽的蓝图，顺带也描绘了他们美好的未来，于是，女孩向父母伸手，再次给男孩筹了一笔数额不小的资金。

尽管她千叮万嘱，让男孩谨慎投资，却依旧没有逃过破产的结局。经历了一次又一次的投资失败，他们的婚房被抵押，车子被变卖，她带着两个女儿跟丈夫挤在狭窄的出租房里，日子过得紧巴巴，却只能自己硬生生扛着，不敢向父母诉苦。

纯子说，这就是她自己的故事。

在为之叹惋的同时，我不由想到时下的一个热门话题，“得不到父母祝福的婚姻会不会有好结果”？

许多人留言讲述自己的故事，统计结果让人震惊。大约有80%的儿女会为了自己的爱情不顾父母反对，但是最后有四分之三的人后悔当初没有听长辈的话。可是，换个角度想想，还有四分之一的人依然过得很幸福。

我的朋友小A对此就不以为然，她说，恋爱与婚姻本就是两个维度不同的大事件，父母的反对并不能直接决定婚姻是否幸福，对方的品行与性格才是真正影响婚后家庭的关键。小A是独生女，上大学时与张三谈恋爱谈得如漆似胶，毕业后，她第一次将男朋友带回家就遭到父母双双反对。父母觉得张三家庭条件不好，没房没车，除了长得还不错，没什么竞争力。在一穷二白的境况下，长得不错也不再是优点，反倒让家长们觉得不靠谱。

可小A性格倔强，她知道张三是个有责任感、有上进心的男人，即便没有得到父母的认可，但她相信凭着两人的共同努力，一定会过上幸福生活。于是，她不顾父母反对，毕业后跟着张三租房子住，为了节省生活费，从不做家务的她开始学着下厨做饭。那时候，张三只是一家公司的小业务员，每天早出晚归，为了省午饭钱，他总会把晚饭吃剩下的菜打包当第二天的午餐。但只要是小A喜欢的东西，他买起来从不手软。他说，给他两年时间，一定会努力做到让小A父母满意。

张三对于未来的事业和生活有着自己的计划，他有意识地积攒着自身的人脉，在征求小A的同意后，他开始辞职创业，进行新一轮的打拼。如今，他们有了一套属于自己的房子，搬进新家的同一年，小A生下了宝宝。虽然上有老、下有小，还得负担房贷，生活过得不如从前做女儿时那般养尊处优，但小A觉得很满足。这么多年来，张三一直把她宠得像个孩子，即便宝宝出生后，也还是把她放在第一位。

看到女儿过得幸福，父母心里的大石头也落了地。张三说，以前跟小A父母赌着一口气，想要证明自己，在宝宝出生后，才真正理解为人父母的那份心情。等到女儿谈婚论嫁的时候，他也会担心女儿遇人不淑，害怕她会吃苦，会过得不开心。

环顾现实，大多儿女都如同诗中姑娘，当爱情遭遇家庭的阻碍，会不管三七二十一地反抗，情绪被爱与苦恼占据得满满当当，父母越是不允许，内心里便越觉得这份感情珍贵，甚至不惜与父母发生冲突，誓死捍卫自己的爱情。

他们以为，父母在乎的只是物质生活富足，而不是他们幸福快乐与否。在他们心里，结婚是两个人的事，不应将两个家庭牵涉进来。当初为了对抗父母之命，他们会紧紧拥抱在一起，婚后，却可能在面对生活的一地鸡毛时吵闹不休。

人们常常在分离时才悔不当初，殊不知人生道路上满是坎坷，若是没有共同面对困难的勇气和力量，只会怨天尤人，无论当初选择的是谁，依然不能过好这一生。

诗中姑娘的勇气固然可嘉，但若只是盲目迷恋，又如何靠一时的激情走过人生坎途？但愿，你爱的那个人，有与你风雨同舟的信念才好啊。

不畏人言，

是守护爱情的勇气

——《国风·郑风·将仲子》

国风·郑风·将仲子

将[1]仲子兮，无窬[2]我里，无折我树杞。
岂敢爱[3]之？畏[4]我父母。
仲可怀也，父母之言，亦可畏也。
将仲子兮，无窬我墙，无折我树桑。
岂敢爱之？畏我诸兄。
仲可怀也，诸兄之言，亦可畏也。
将仲子兮，无窬我园，无折我树檀。
岂敢爱之？畏人之多言。
仲可怀也，人之多言，亦可畏也。

〈1〉将（qiāng）：请。
〈2〉窬（yú）：跨越。
〈3〉爱：吝惜，舍不得。
〈4〉畏：害怕。

很多时候，爱情并非死于感情的消散，而是死于唾沫星子。语言可以是一种谋杀的手段，它可以杀死一个人的梦想，也可以杀死一个人守护爱情的勇气。

这首诗对男主角“二哥”的人物描写非常生动，刻画了一个因爱而疯狂的青年男子形象，“二哥”的那些行为，不禁让我想起摩梭族的走婚。

摩梭族是母系社会，素有“女儿国”之称。在那个民族，男女双方没有婚姻关系，“走婚”是传宗接代的方式。青年男女成年后，可以在唱歌跳舞的聚会上对心上人示意，若是得到对方的同意，便会在午夜爬上姑娘的花楼。男子先得拴好马，把帽子挂在树枝上，以告诉其他的人不要再打扰，然后翻上墙头，朝院子里扔一块猪膘肉，引开家养的看门狗，这时就可以爬上花楼，用约定的暗号敲开姑娘没有锁紧的房门了。只是，天亮之前男子必须离开，以示对女子的尊重。

若是如摩梭族这般，倒也两情相悦。可诗中的二哥就没这么好运了。通篇读下来，都是女子慌张的内心独白，一会儿说不要折断了我种的杞树，一会儿说不要翻越我家的围墙，墙和树在古代象征着礼法规矩，女子声声哀求，就是希望心上人别再这么不管不顾地前来约会。

《孟子·滕文公下》有云："不待父母之命，媒妁之言，钻穴隙相窥，逾墙相从，则父母、国人皆贱之。"我们几乎可以想象出诗中女子吓得一脸苍白的模样，内心里无限的恐惧与压力，让她爱得战战兢兢，心有余悸。

可她毕竟还是爱着二哥的。于是，她一边劝说着心上人别再翻墙折树，一边又安抚道，我这么做并非是因为舍不得杞树、桑树和檀树，实在是因为人言可畏啊！如果父母和兄长发现后，我该怎么办才好？我简直无法想象他们会怎么斥骂我。更可怕的是还有那么多左邻右舍，如果他们发现你我私会，一传十，十传百，我该如何面对这些流言蜚语的重重包围？

女子的孤立脆弱与恐惧无力的心态，在层层推进的劝说中跃然纸上。可即便在担心害怕的时候，她还是不忍看到二哥被拒绝时伤心失望的神情，于是说道“仲可怀也”，表达自己内心也非常想念二哥。

诗中女子告求的畏惧和矛盾的心态，都让人感受到一种无助。她不是不爱，而是不敢放手去爱，不敢不顾一切地爱。

礼法的森严已经形成了强大的社会压力，外界有这么多双眼睛在盯着，就算内心里确实爱着对方，也不得不顾忌“众口铄金，积毁销骨”的残酷。在长篇叙事诗《孔雀东南飞》中，刘兰芝和焦仲卿的爱情正是毁于这种封建礼教的残酷无情。

东汉末年间，庐江府小吏焦仲卿的妻子刘兰芝不被婆婆待见，尽管她能诵诗书，精通女红，又会乐器，但这些都不能提高她在婆婆心里的地位。丈夫因公务常年在外，她独守空房的日子很不好过。单说织绸子，她每天从早织到晚，3天就能织5匹，婆婆还是嫌她织得慢。于是她向丈夫诉说，既然如此，不如让婆婆趁早将她遣回娘家。焦仲卿心疼妻子，便向母亲禀告自己的心声，说自己没有高官厚禄相，能娶到贤惠的妻子，相亲相爱地生活已是幸运，哪怕死后也要与她在地下做伴。这相处不到两三年，一切才刚刚开始，她又没有什么不正当行为，为何母亲对她不满？

不料，母亲憋了一肚子气，说刘兰芝不懂礼节，哪里比得上邻居家的罗敷，让儿子赶紧休掉刘兰芝。焦仲卿坚定地说，如果休掉刘兰芝，他便一辈子不再娶。这让母亲大发雷霆。焦仲卿只好拜别，流着泪让妻子忍受委屈，先回娘家避避风头，等太守府里的事情办完再去迎接她回来。

刘兰芝心里清楚，这一别就不可能再回来，于是留下一些衣物给焦仲卿作为纪念，待天一亮，便打扮整齐告别婆家人。路上，焦仲卿发誓不断绝关系，只劝她等他来迎接。

回到娘家，母亲大惊，自己培养大的女儿如此优秀，到底犯了什么错要被遣回娘家？刘兰芝无颜面对家人，只说自己实在没有什么过错。回家后不过十几天，县令便派了媒人来给自家三公子提亲。刘兰芝不忍背信弃义，含泪拒绝。

几天后，太守又派人来给自家五儿子提亲，母亲知道女儿的心思，再次谢绝媒人。不料，兰芝哥哥看不下去了，起身指责。刘兰芝知道自己出嫁之后半路回来，已经没有多少说话的余地，在哥哥的指责下，只好应允与太守儿子成婚。

太守家择好吉日，热热闹闹筹备婚礼。焦仲卿听闻此事，急匆匆告假前去刘兰芝家。两人相见，更是痛不欲生。在双方家庭的逼迫下，他们知道事情无法挽回，便做了临死的诀别，约定地府下相见。

结婚当天，刘兰芝纵身跳进清水池，结束了生命。焦仲卿听闻后，知道此生与刘兰芝永别了，在庭院里的树下徘徊一阵后，自尽在东南枝上。之后，两人被合葬在华山旁，东西两侧的松柏和南北两侧的梧桐枝叶交错，树中有一对鸳鸯望着彼此，每天夜里叫到五更天。劝告后世的人把这件事作为教训，千万别忘记。

在爱情中，若是当事人没有坚定的信念和守护爱情的勇气，面对强硬的家庭意志，或是在外人不断地说三道四中，内心受到的伤害是无法估量的，双方为此付出的代价往往不只是爱情婚姻，还可能是宝贵的生命。从焦仲卿和刘兰芝的爱情悲剧中可见一斑。

在古代，爱情所能拥有的自由太少太少。可如今，四处都刮着自由之风，却依然存在着被道德绑架、被人言谋杀的爱情。

我的朋友小铭天生骨感又高挑，高中的时候，她从校园走秀大赛中脱颖而出，开始兼职给传统纸媒做平面模特，大学时，因为拍了几组不错的杂志封面在圈内名气高涨。漂亮的脸蛋和名声却没有给她带来爱情的运气，反而一生深陷感情的污蔑之中。

当时有许多人追求她，其中一个就是袁少。他被小铭的美貌所吸引，展开疯狂追求。而她，也慢慢爱上了这个懂得制造浪漫花样的公子哥。

然而，纨绔子弟的感情游戏并没有多少真心，他很快就厌倦了单纯的小铭。在小铭痛苦地被迫分手后，她结识了汤先生。

看起来时尚美丽的小铭，内心却非常传统，她以为自己终于安定下来，大学刚毕业时就与汤先生走进婚姻的殿堂，却不知汤先生也是玩弄感情的渣男。看着小铭在模特圈发展不错，他不仅想要敲诈更多的钱财，婚变后还四处散播小铭的污言秽语。无数的侮辱如同暴风雨般袭来，家人不理解，在现实的情感中也再不能寻找到一丝慰藉，婚后只不过短短3年，她留下一纸遗书，默默地离开了人世。

无论爱情、亲情，还是友情，似乎总离不开庞杂的外界声音，有些人打着“为你好”的旗号肆意干涉，有些人摆出正义化身的模样指手画脚，其实说到底，无论哪种情感都是自己的事情，与他人何干？可这些闲言碎语却以兵不血刃的方式杀死了多少爱情，离散了多少家庭，又逼死了多少生命！

心无挂碍，无有恐怖。诗中姑娘担忧太多，因此陷入患得患失的境地。在这个社会上，看热闹不嫌事大的大有人在，即便我们再怎么谨小慎微地活着，也逃不脱他人的闲言碎语。既然如此，又何必随波逐流？勇敢地做出自己的选择，勇敢地承担选择后果，成为一个独立且内心强大的人，兴许，爱情已经握在你手中。

不　念　过　往，

不　畏　将　来

——《国风·郑风·褰裳》

国风·郑风·褰裳

子惠[1]思我，褰裳涉溱[2]。
子不我思[3]，岂无他人？
狂童[4]之狂也且[5]！
子惠思我，褰裳涉洧[6]。
子不我思，岂无他士？
狂童之狂也且！

<1>惠：受。
<2>褰（qiān）：提起。裳：裙衣。溱（zhēn）：郑国河名。
<3>不我思：即不思我。
<4>童：愚昧。
<5>且（jū）：语气词。
<6>洧（wěi）：郑国河名。

这首诗读来真是畅快淋漓。爱情中的女子，千姿百态。有羞涩矜持的，也有快人快语的，有含蓄婉转的，也有简单明了的。

《子衿》篇中的女子将强烈的思念默默藏在心底，独自登上城楼，只为等待心上人的音讯，哪怕内心辗转反侧，不得安宁，也只是幽幽叹道："一日不见，如三月兮。"《褰裳》中的女子却大胆泼辣，满腔自信与爽朗。她就像四川的麻辣火锅，就像散发着香气的带刺玫瑰，在我的想象中，她应该是一位充满魅力与风情的姑娘。

对待心上人，这位姑娘可谓语不惊人死不休，大大咧咧地喊道："你要是想我，就快点拉起你的衣裳从河对岸走过来。你以为，你不想我，就没有别的人爱我了吗？别傻了！”读来真是令人不禁莞尔。她发乎于情的主动大方，让人感受到一种蓬勃的生命活力。是啊！在爱情面前，有什么需要遮遮掩掩的呢？喜欢就说出来，勇敢地去追求，不喜欢就拉倒，天涯何处无芳草。

《郑风》中的不少诗，都有着直白的感情态度，因破坏了传统的男尊女卑观念，常常被朱熹冠以“淫邪”的名号，但恰恰是这些诗冲破了封建礼教的桎梏，向后世之人展现出古代人对待爱情的真性情。所谓饱暖思淫欲，郑国盛世繁华，不必为生计焦虑，爱情自然就成为了生活中的重要部分。加之郑国地处偏远，一些古老的商文化被保留下来，这种古朴的民风里带有野性的不羁，我们可以从一些借女子之口表达情感的诗歌中，明显感受到挑逗与诱惑的意味。

春秋时期，对于女子的约束尚不是特别严苛，前面我们说过，仲春之际在郑国是青年男女自由相会的时节，郑国女子的思想尚未受到束缚，她们可以自由地打闹嬉戏，纯真率性地表达自己的感情，她们就像怒放的花朵，展现着自我意识与个性。所以，《褰裳》中的女子可以如此利落爽快地表达自己的情绪。相对而言，她们是幸福的，在自由开放的社会风气之中，有更多的可能去争取属于自己的爱情。

《诗经 · 国风》中描绘了许多生动活泼的人物形象，这首诗中的女子正处在热恋中，相思的时间最是磨人，对方一直不见人影，她等得不耐烦了，心里生出些小脾气，于是摆出一副无所谓的样子，撂下狠话“子不我思，岂无他人”？简短几个字，恰好展露出恋爱中的少女那种口是心非的心绪，无拘无束地宣泄着自己的感情。

诗中女子显然是在乎对方的，只不过等人不见人，心上受了委屈。都说爱哭的孩子有奶喝，她希望被关注、被呵护，便故意装出无所谓的样子。这种“不在乎”，说到底，是被爱者才有的资本，生气使性子也只不过是想要更多宠爱罢了。虽是气话，我们却从这女子骄傲和自信的口吻中，读到一种面对感情的勇气和洒脱。

现实中，真正能够在爱情里拿得起、放得下的人并不多见。我们常常听见身边朋友为了爱情愁肠千结的心声，她们或在拥有时患得患失，或在失去时悲痛低迷。她们的世界变得越来越狭小，小到只剩下一个人，一段心事。可是，谁也无法控制他人的情感变化，爱情本就不是一件可以握在手里的物品。当你遭遇感情伤害时，与其沉溺在悲伤的情绪中，或是苦苦哀求对方回心转意，倒不如改变自身，重新拾起生活的勇气和热情。

在电视剧《我的前半生》中，马伊琍将遭遇丈夫背叛的中年女性演绎得淋漓尽致。主角罗子君原本是个家庭妇女，每天的生活单调安逸，她放弃了自己的事业，渐渐安于对丈夫的依附，她从来没有想过，如果有一天失去家庭，自己该何以为生。

在她的前半生，满以为生活的全部意义就是拥有幸福的家庭。婚后八年，丈夫忽然提出要离婚时，她的世界在瞬间崩塌。面对变了心的丈夫，罗子君想尽办法挽回这段感情，却已无法打动对方。我们在同情她的同时，也为之感到悲哀。电视剧中，贺涵有句台词说得特别好："没有任何人会成为你以为的今生今世的避风港，只有你自己，才是自己最后的庇护所。"

为了争夺孩子的抚养权，罗子君终于振作起来，开始投简历应聘，从养尊处优的生活中走出来，努力适应社会。当她真正接纳感情的失败，在内心树立起新的目标并为之奋斗，人生也开始有了不同的走向。

能遇一人终老，相守到白头，固然是幸福的。假若对方不珍惜你，彼此感情有了无法缝合的裂痕，也记得要珍惜自己呀！毕竟，这个世界上只有独一无二的你。

有段话曾在网上广为流传："如果我为你卸掉脸妆，为你卸掉口红，为你脱掉高跟鞋，变成了为你洗衣做饭的'老妈子'，穿着随意，大笑时露出我那小虎牙，生气时爆粗。挺着大肚子笨拙地做着饭菜等你回家，甚至上厕所都不用关门，拿出每次买菜时省下的钱给你买酒买烟。不是因为我没有资本去和更好的男人过更好的日子，不是因为我淡泊名利，只是因为你很珍惜我。如果因为没有了你初见我时的魅力，你选择不再珍惜我，我今天依然可以穿上高跟鞋，化上精致的妆容，绽放我依旧的精彩，重拾我的事业和光环，走出门被万人追捧，其实我心里想到还是家的温暖和孩子的未来。很简单，我可以惯着你，也可以换了你！”

这段话率性又真挚，与诗中女子那句“子不我思，岂无他士？狂童之狂也且！”一样地大快人心。有大智慧的女人，在遭遇爱情的背叛时，不哭闹，不炒作，不博取大众同情。她敢爱敢恨，说出口的每一句话看起来温和，却有着直抵心灵的力量。这样的女人，活得特别通透明白，没有什么遭遇可以摧毁她的人生。

生为东方女子，我们推崇礼让与隐忍，但在爱情面前，内心的淡定与从容，情感的通达与洒脱更让人敬佩。

回看诗中女子，洋溢着青春少女的无拘无束，她显然是在乎对方的，只不过等人不见人，心上受了委屈。都说爱哭的孩子有奶喝，她希望被关注、被呵护，便故意装出无所谓的样子。这种“不在乎”，说到底，是被爱者才有的资本，生气也只不过是要宠爱罢了。可是，在这背后，更为打动我的是她的自信和骄傲。诗中并没有说到故事的结局，不知道男子到底有没有涉水前来，但我们可以预见的是，哪怕对方真的不爱自己了，她也不会因此变得颓丧低落。

可以在爱情里肆意欢快，也可以在失去后大步向前，“不念过往，不畏将来”，这便是女子在爱情面前最好的样子吧！

纵 汝 不 来 ，

吾 自 前 往

——《国风 · 郑风 · 子衿》

国风·郑风·子衿

青青子衿[1]，悠悠[2]我心。

纵我不往，子宁不嗣音[3]？

青青子佩，悠悠我思。

纵我不往，子宁不来？

挑兮达兮[4]，在城阙兮。

一日不见，如三月兮。

〈1〉青衿（jīn）：古代学生穿的服装。衿，衣领。

〈2〉悠悠：忧思不断的样子。

〈3〉嗣音：寄音讯。嗣，通“贻”，寄。

〈4〉挑、达：来回走动的样子。

读此诗，会不自觉地联想到《王风·采葛》。

“彼采葛兮，一日不见，如三月兮！彼采萧兮，一日不见，如三秋兮！彼采艾兮，一日不见，如三岁兮！”《王风·采葛》全诗并无卿卿我我的语言，却有一种深切的思念直抵人们心中，成为后世人们表达思念情绪的常用句式。

那时候，女子辛勤地采摘葛藤、艾蒿、艾草，或用以织布，或用以祭祀，或为了治病。清代《诗经通论》中解读，葛生于初夏，采于盛夏，故言三月；萧采于秋，故言三秋；艾必三年方可治病，故言三岁。诗中之意，恰巧与之契合。女子日出而作，只不过是外出采摘的短暂分离，都让热恋中的男子备受煎熬。因为想念，让时间变得非常缓慢，短短一天，在他心里就像过去了3个月、3个季度、3年时间那么久。

到《郑风·子衿》篇，再次用到“一日不见，如三月兮”，但不同于《王风·采葛》中急切切的男子心声，更像是女子颔首低眉，撒娇般的呢喃，幽幽地责怪恋人让她望穿秋水也不见人影，一种惆怅的心情油然而生。

你的衣襟是青青的颜色，我的心思是悠悠的情怀。

纵然我没有去见你，你就不传音讯来吗？

你的佩带是青青的颜色，我的思念是悠悠的回响。

纵然我没有去见你，你就不能主动来吗？

走来走去放眼张望，我踽踽独行在这高大的城楼之上。

一天见不到你的面，就好像过了三个月那样长。

在古代，不同社会阶层的衣着打扮有着严格的规定，平民百姓只能穿麻布和葛布衣，读书人在入仕之前也只能穿布衣。青衿，是古代的学子服。《毛诗序》中有云：“《子衿》，刺学校废也。乱世则学校不修焉。”说的是西周时期，国家办公学，教化子民，但到春秋时期，王室衰微，无心教育。由是，在后世的解读中，有人认为诗中之意是劝谏国家兴学重教，或认为是学子之间的互相勉励。在这样情意绵绵的诗歌中带入教化思想，无异于一盆冷水，浇灭所有柔情。

我情愿将之视为豆蔻年华的女子心有书生梦。从古至今的经典爱情故事，总是离不开小姐与书生的人物设定。

小时候看《聊斋志异》，写书生与鬼神的爱情，到明朝的戏曲中，读到杜丽娘与柳梦梅，崔莺莺与张生，一出出，一幕幕，都是小姐与书生的爱情故事。相比劝谏诗文的解读，我更愿意选择相信“青青子衿”是一段贵族小姐与书生的爱情。

这首诗中的女子，想必有些日子没有见到心上人，也没有收到心上人传来的音讯，思念的情绪在时间流逝中被不断放大，心上人的一颦一笑，甚至衣着打扮的每一处细节，都成为她脑海中不断回放的画面。想着想着，不由得有些委屈，这种委屈化作娇嗔的埋怨，为何我不找你，你就没有一点消息？就不能主动来找我吗？尽管有些气恼，她还是忍不住爬上城墙，登高张望，希望能看到心上人前来的身影。可是，来来回回地走了很久，也没有见到他，女子焦急、烦闷的心情显露无遗。末尾，一句“一日不见，如三月兮”，是女子默然低首，热烈而深情的告白。

后来，曹操的《短歌行》中再次借用此诗，写道：“青青子衿，悠悠我心。但为君故，沉吟至今。”虽然曹操的诗写的并非爱情，读来却让人感受到婉转的深情。

回到《子衿》这首诗，对女子的心理描写可谓出神入化，焦急、不安的小女人心境跃然纸上，嗔怪的口吻带着撒娇的意味，令我想到前几年很火的一部电影《撒娇女人最好命》。

周迅饰演的女汉子张慧大大咧咧，虽然一直暗恋自己的大学同学兼同事恭志强，却被当成哥们。在默默地陪伴多年之后，她却发现，恭志强爱上了软妹子蓓蓓。蓓蓓深谙撒娇之道，蠢萌宅男恭志强被迷得七荤八素。为了追回男神，张慧开始了撒娇之美的魔鬼训练。

在爱情中，撒娇女简直就是女汉子的天敌。男人天生有成为保护者的心态，强硬地对抗会激起他们心里的反感与抵触，聪明的女人懂得服软，有什么不开心不满意，嘟嘟嘴，忍不住哭起来，那副梨花带雨的样子，惹得人疼惜不已，再凶猛的战火也就此平息了。

影片中的张慧依照撒娇大攻略的指引，从穿着打扮到言行举止，一改从前不修边幅的男人婆模样，终于让男神拜倒在石榴裙下，夺回真爱。

相对而言，诗中女子的表现要迂回得多，尽管“挑兮达兮，在城阙兮”，尽管幽幽轻叹着“一日不见，如三月兮”，恋爱中的小女人常见的忧思显露无遗，却始终没有迈出主动的一步。

引用范湉湉在《奇葩说》中吸粉无数的一句话：“忍无可忍，无须再忍。为什么要压抑自己的天性！”喜欢就主动去追啊，真是说得极是啊！两相情愿才叫爱情，一厢情愿的是单恋，喜欢又不说出口的是暗恋。

这首诗并未交代两人的感情发展到了什么程度，也许才认识不久，双方都还没有表明自己的心意，所以女子能够回忆的只是衣着打扮，而没有约会的画面；也许互相已经有了好感，但短暂的相处之后并未约定下次见面的时间，所以女子在等待着男子传来音讯或再次登门拜访。尴尬的是，若男子全然不知，就算女子的独角戏唱得再激烈，也是无济于事啊。

从古至今，在对待爱情的态度上，人们约定俗成地认为应该男人主动追求，而女子应该矜持，哪怕喜欢一个人，也不要轻易流露出来，要暗自观察，看看对方是不是真的爱自己。

出于情，本应是自然而然地从言行举止中显露出来，想要多看他两眼，想要多与他相处一些时间。但因为女子的"矜持"受到鼓励，爱情变成了一场战役，似乎谁主动，谁就输了先机。然而，事实证明，没有多少人能够经得起这种不露声色的考验，许多两相情愿的缘分在等待着开口回应的时间里就悄无声息地消散了。

与其在不断地试探中失去爱情，在漫长的等待中错过爱情，倒不如勇敢地说出"我爱你"，主动走上前拉起对方的手。

想念他，就立刻打个电话给他，想见他，就马上去见吧！在短暂的人生中，悔恨不能改变任何结果，独自想念也不会让对方接收到你的脑电波，倒不如爱得真诚坦率些。

“纵汝不来，吾自前往”，这样，至少可以拥有爱情的主动权呀！

任　凭
弱　水　三　千　，

我　只　取
一　瓢　饮

——《国风·郑风·出其东门》

国风·郑风·出其东门

出其东门，有女如云。
虽则如云，匪我思存。
缟衣綦巾[1]，聊乐我员。
出其闉阇[2]，有女如荼[3]。
虽则如荼，匪我思且[4]。
缟衣茹藘[5]，聊可与娱。

<1>缟（gǎo）：白色。綦（qí）：苍艾色。
<2>闉阇（yīn dū）：城门外的护门小城，即瓮城门。
<3>荼（tú）：白茅花。这里用来比喻女子众多。
<4>思且（jū）：思念，向往。且，语气语。
<5>茹藘（lǘ）：茜草，可作红色染料。此指红色佩巾。

在爱情中，最幸福的模样，大概就是有一个深爱着自己的人，不迷恋世间繁华，不嫌弃你成为家庭主妇后朴素的模样，直至白了头发，步履蹒跚，依然还握着你的手，说着动人的情话。

古代的男人可以有三妻四妾，对待感情的专一就更显得难能可贵。这首诗的语言朴实无华，却因为男子的情感，读来尤其动人。

在东门之外，众多美人穿着华丽鲜艳的服饰，体态轻盈地来回穿梭，像盛开的花朵一样令人眼花缭乱，可即便眼前流丹飞彩，他的心思却只为一人牵挂。虽然心中的女子只是穿着素衣，带着青黑色的头巾，远没有东门之外的女子那么妆容精致，在男子心中，却唯有她能够两心相知，聊可与娱。

“东门”在《诗经》中的意象与爱情有着千丝万缕的联系。除了这首诗，在《郑风·东门之墠》《陈风·东门之枌》《陈风·东门之池》《陈风·东门之杨》中，也全都是以东门为背景，描写男女恋情。

陈地是东夷故地，东门是人们主要出入和活动的地方，是热闹繁华之地。《郑风·溱洧》中也描写了阳春三月，青年男女在溱水、洧水边的盛大场景，游玩的人数不胜数，类似古代的情人节。王先谦有过解读：“郑城西南门为溱洧二水所经，故以东门为游人所集。”从这几首诗的内容中，我们可以看出，那里歌舞聚乐、巫风盛行。郑国春月，是仕女出游、谈情说爱的好时节，东门应该就是当时男女相会的地方。

在这样一处美女缤纷的地方，男子还能保持心神安宁，心系所爱之人，不由得让人想到那句“弱水三千，只取一瓢饮”。这句话本是出自佛经故事，在《红楼梦》第九十一回中，贾府上下都已经将薛宝钗视为贾宝玉的婚姻对象，宝玉和黛玉二人以佛家参禅的形式试探对方心境，在黛玉一连串的问题抛来时，宝玉笑道：“任凭弱水三千，我只取一瓢饮。”从此，这句话成为人们借以形容爱情的名句。

在爱情中，女子在意的往往并非锦衣玉食、宝马香车，她们需要的，不过是男子不离不弃的坚定爱意。那些让人安心的爱情，是不必担心有一天容颜老去，也不必在相爱时患得患失。就像诗中所说，“虽则如云，匪我思存”。文学大家巴金便是这样一个在爱情中坚守唯一的人，他一生只爱过妻子萧珊。

在巴金已经是文坛赫赫有名的偶像人物时，追求者无数，但唯有萧珊走进了他的世界。书信往来半年后，萧珊主动提出“相谈甚欢,何不见面”,这一面之后,便是情定终身。

在那个战火纷飞的年代，仍在西南联大读书的萧珊和在桂林出版社写稿的巴金维系着艰难的异地恋，因社会不安定，中间有一阵子，连唯一的书信联络也被战火切断，彼此杳无音讯。当时，巴金已经30多岁，萧珊却还年轻，在这样的境况下，很多朋友劝巴金现实一些，放弃这段感情。巴金却说：“我看不惯那种单凭个人兴趣、爱好或者冲动，见一个爱一个，见一个换一个的做法。”尽管在两人彻底失去消息的这段时间里，追求巴金的女子络绎不绝，殊不知，巴金已做好了找不到萧珊就孤独终老的准备，他甚至干脆对外宣言：“任凭弱水三千我只取一瓢，任凭世界之大我只钟情于她。”

冰心曾说：“巴金最可佩服之处，就是他对恋爱和婚姻的态度上的严肃和专一。” 他坚信，战火可以炸毁一切，却毁不掉人心。8年之后，40岁的巴金终于与萧珊结婚，过上了一段平静美好的日子，并生育了一对儿女。在生活中，巴金对萧珊呵护备至，家庭中流淌着幸福温暖的味道。

然而，在结婚22年后，一场浩劫打破了他们的幸福，巴金被定为“罪人”，每天接受惨无人道的批斗，受尽屈辱。即便在最难熬的时候，巴金只要看见萧珊的笑脸，便获得了坚持活下去的力量。这场婚姻经历了28年，他们从来不曾有过一次争吵，不曾有过一丝不快。

在萧珊离世之后，巴金再也没有睡过一个好觉。他执意把萧珊的骨灰坛留在身边，常常一遍一遍地抚摸着，不管子女怎么劝说，都不肯交出骨灰。他说：“她是我生命的一部分，她的骨灰里有我的泪和血。”他说：“等到我永远闭上眼睛，就让我的骨灰同她的掺和在一起。”

光洁的骨灰坛映射出巴金孤单的身影，许多朋友劝他再找一个老伴，有人说说话也好。巴金想也不想就答道：“不想找老伴，没有兴致和劲头。”直到萧珊去世6年，巴金流着泪写下《怀念萧珊》，他的床头放着萧珊的骨灰，桌上放着萧珊的译作，在他活着的每一分钟里，都没有让萧珊离开过。思念的情绪倾注笔端，巴金写下了《再忆萧珊》《一双美丽的眼睛》《随想录》。

在萧珊离世33年后，百岁老人巴金也与世长辞。如生前所愿，他的骨灰与萧珊的骨灰掺和在一起，撒向长兴岛附近的东海海域，从此永不分离。“生死契阔，与子成说”，说的就是这样的深情吧。

大概天下所有女子都向往着这样的爱情。可是，不知从什么时候起，原本纯粹的爱情里掺杂进了许多沙子，专情的男女变成了稀有动物，人们对爱情的信任度也越来越低。

犹记明代皇帝朱佑樘，自古以来，多少帝王后妃数不胜数，而他一生独爱张皇后一人。金庸的武侠故事之中，多少才貌双全的女子对杨过痴迷不减，他心中却只有小龙女一个。从古到今，从国内到国外，这样的爱情总是带着圣洁的光芒，令人感叹，也令人陶醉。

曾经周游列国，用作品演绎一生的印象派大师莫奈，在他留下的众多作品中，画中女人大多只有一个，就是他的前妻卡美伊。我曾去过位于吉维尼的莫奈花园，那里有满目葳蕤的植物和大到超出想象的花园，据说，莫奈买下这栋房子后，准备在此度过余生，所有的装修和布置，他都是凭着记忆中卡美伊喜欢的样子来装点。卧室被粉刷成明亮的黄色，在花园深处，有一片盛放的睡莲池，莫奈常常坐在此地，昼夜替换、阴晴雨雪，他画下的181幅《睡莲》里饱含着对于爱情的忏悔和心灵的救赎。有人说，莫奈笔下的睡莲就是卡美伊的化身，因为日夜思念，卡美伊化身成了触手可及的自然中的一切，走进莫奈的画中。

遵照莫奈的遗愿，他被安葬在卡美伊身旁。我到达莫奈花园的季节是8月，墓地四周生长着许多藤蔓与花草，旁边有间小小的教堂，不断有福音颂歌传入耳中，宁静祥和的气息始终萦绕在身边。

这些爱情故事，就像夜空中最闪亮的星，一个不小心回眸触碰到，便可唤起我们内心深处那份柔情。诗中男子在乱花渐欲迷人眼的世界里，始终钟情于心中所爱，缟衣綦巾的女子无疑是幸福的。环顾现实，能在爱情中有所坚守、有所执着的人又有多少呢？

闻 君
有 两 意 ，

弦 断
知 音 绝

——《白头吟》

白头吟

皑[1]如山上雪，皎若云间月。
闻君有两意，故来相决绝。
今日斗[2]酒会，明旦沟水头。
躞蹀[3]御沟上，沟水东西流。
凄凄[4]复凄凄，嫁娶不须啼。
愿得一心人，白头不相离。
竹竿何袅袅，鱼尾何簁簁[5]。
男儿重意气，何用钱刀[6]为？

〈1〉皑：白。

〈2〉斗：盛酒的器具。这两句是说今天置酒做最后的聚会，明早沟边分手。

〈3〉躞蹀（xiè dié）：走貌。

〈4〉凄凄：悲伤状。

〈5〉簁（shāi）簁：形容鱼尾像濡湿的羽毛。

〈6〉钱刀：古时的钱有铸成马刀形的，叫作刀钱。所以钱又称为钱刀。

杜拉斯在《情人》的开篇写道："我已经老了，有一天，在一处公共场所的大厅里，有一个男人向我走来。他主动介绍自己，他对我说：'我认识你，永远记得你。那时候，你还很年轻，人人都说你美，现在，我是特为来告诉你，对我来说，我觉得现在的你比年轻的时候更美，那时你是年轻女人，与你那时的面貌相比，我更爱你现在备受摧残的面容。'"

这段话在后世被奉为经典，广为流传。在时间的洪流中，饱经冲刷而不褪色的爱情，大抵是所有女人心底的期望。"愿得一心人，白头不相离"，这便是爱情最好的样子吧。

但《白头吟》这首诗中所写，却是遭遇爱情背叛时，女子铿锵的诀别之语。据说，随诗还附有一封《诀别书》：

春华竞芳，五色凌素，琴尚在御，而新声代故！

锦水有鸳，汉宫有木，彼物而新，嗟世之人兮，瞀于淫而不悟！

朱弦断，明镜缺，朝露晞，芳时歇，白头吟，伤离别，努力加餐勿念妾，锦水汤汤，与君长诀！

意思是，百花争艳时，绚烂的颜色掩盖了素洁；琴声还在，弹奏的却已不是旧曲。她不禁感慨，锦江中的鸳鸯和汉宫里的枝条都彼此相伴，世上的人却耽于美色，喜新厌旧。弦断知音绝，镜缺夫妻分，露干爱情散，花谢缘分尽，白头伤别离。愿你好好吃饭不要想我，锦江之水浩浩汤汤，我面对它发誓从今与你再无会期。

有人说这首诗的作者正是汉代才女卓文君，细细想来，这诗与信中所述的内容，确与卓文君的性格气质相符，不论作者是不是她，读来都不禁令人想到她的爱情经历。

一代才女卓文君出生于富贵家庭，从小习读诗书，面容更是美貌绝伦。当初嫁为人妇，哪知短短一年便成了寡妇。后来，司马相如与好兄弟王吉共同演了一出好戏，让他有机会在卓王孙的宴席上弹奏一曲《凤求凰》。我们知道，司马相如的“绿绮”在古代四大名琴中排于“绕梁”之后，“焦尾”之前，琴艺水平非常了得。卓文君深谙其间意蕴，听出弦外之音，当晚便不顾礼教制度，大胆地与之私奔了。

那时候，司马相如家贫如洗，但卓文君不离不弃。从小锦衣玉食的千金小姐，出入井巷之地，穿着简陋布衣当垆卖酒。卓王孙作为商业巨头，估计要被这个女儿气死了，亲朋好友劝说很久，他才终于向这对小夫妻伸出援手。后来，司马相如凭借文采得到汉武帝的重用，事业风生水起，总算是守得云开见月明。然而，男子得意时，便有些忘乎所以。司马相如在茂陵期间迷上一个女子，起了纳妾之念。传言，卓文君得知此事后，写下了这封诀别信和《白头吟》。

诗中大致意思是，当初，两人之间的爱情纯洁如白雪，皎洁如明月，没有掺入一点杂质。而今，听说你心里有了别人，所以我来与你诀别。今天斟上这杯酒喝完，明早就在沟水头分开吧。曾经缱绻的爱情已逝去，你我也就像这沟中水一样各奔东西。远嫁之时，何必哭哭啼啼。只是希望能够嫁给一心一意的人，相伴到白头。爱情的两情相悦，应是惺惺相惜。重情重义的男子汉，又怎么会依靠金钱关系去维系彼此的感情？

若如此，卓文君果然不是一般的女子，在遭遇感情的背叛时，她没有哭闹，没有气急败坏，而是冷静地说出内心所想所感，既然无法求得一心人，那就各自安好吧。据说，司马相如的文集里有一封《报卓文君书》，感念与卓文君共同经历的一切，自觉心中有愧，终究还是回到了她的身边，两人相守到白头。最后，司马相如离世时，也正是妻子卓文君在身边陪伴着。

相比之下，历史上另一位女才子班婕妤的爱情就没有这么幸运的结局了。她同样有着高贵的出生和美好的容颜，从小博览群书，文采斐然，十来岁就精通诗赋。

在她16岁那年，汉成帝继位，她被选为秀女进宫。不久，她就因受到皇帝的宠爱被封为“婕妤”。当时，汉成帝还命人造了一辆大辇车，打算跟班婕妤一同出游。班婕妤时刻谨记后妃的劝谏之责，拒绝与之出游，并以夏商周三代的末君为例，劝汉成帝要做贤君。此举得到太后的赏识，并将她与春秋时期的樊姬相提并论，赞她贤惠有德。然而，汉成帝却昏庸好色，很快就沉迷于后宫佳丽，冷落了班婕妤。等到善于歌舞的赵飞燕和妹妹合德进宫之后，汉成帝更是心花怒放，夜夜笙歌，哪里还想得起当初心爱的班婕妤。

后宫争端阴险狡诈，赵飞燕姐妹为在后宫夺得地位，不仅陷害许皇后，还将班婕妤拉下水。在这些繁杂纷扰之间，班婕妤深知自己与汉成帝的爱情已成空，却不愿参与后宫争斗，于是做《团扇诗》一首，比喻自己如同秋后团扇，再也得不到宠爱，从此干脆搬去侍奉太后烧香礼佛。

班婕妤德才兼备，却比不过会讨皇帝欢心的赵氏姐妹。她长居冷宫几十载，等到汉成帝驾崩后，却仍是她守陵陪伴，终其一生。

水木年华在歌里唱着："多少人曾爱慕你年轻时的容颜，可知谁愿承受岁月无情的变迁，多少人曾在你生命中来了又还，可知一生有你我都陪在你身边。"爱上一个年轻貌美的女子，是再容易不过的事情，但要能承受岁月的变迁，等到她两鬓霜白，依然还将她当作手心里的宝，这才是人们心中理想的爱情和最好的婚姻啊！

记得那天，看到朋友发的一段小视频，让我感动至今。那是他在医院看见的一幕，一个老爷爷弯腰拿着脚垫铺在楼梯上，老奶奶扶着他的肩膀，一只脚一只脚地踩到脚垫上，再一只脚一只脚地踩到楼梯上。每一层阶梯，她都要分成两层走，脚步缓慢地像是刚刚学走路的孩子。老爷爷就那么一直低着头弯着腰，一个阶梯一个阶梯地给她铺脚垫。朋友说，这就是真正的爱情吧！

在生活之中，每每看到这样温情的画面，我们心中都会涌起莫名的感动。"愿得一心人，白头不相离。"这样的故事哪怕听得再多，这样的剧情哪怕看得再多，我们也永远不会觉得厌烦，它的美好，满足了我们内心深处对于爱情的期待。

就像爱尔兰诗人叶芝那首诗《当你老了》中所写：

当你老了，头白了，睡意昏沉，
炉火旁打盹，请取下这部诗歌，
慢慢读，回想你过去眼神的柔和，
回想它们昔日浓重的阴影；
多少人爱你青春欢畅的时辰，
爱慕你的美丽，假意或真心，
只有一个人爱你那朝圣者的灵魂，
爱你衰老了的脸上痛苦的皱纹；
垂下头来，在红光闪耀的炉子旁，
凄然地轻轻诉说那爱情的消逝，
在头顶的山上它缓缓踱着步子，
在一群星星中间隐藏着脸庞。

诗中意境是那样浪漫美好，可在现实的爱情里，和相爱的人一起慢慢变老竟成了奢侈。杨绛曾在给钱钟书的《围城》的扉页中写道："围在城里的人想逃出来，城外的人想冲进去。对婚姻也罢，职业也罢。人生的愿望大多如此。"似乎，在这个繁华的花花世界，人们的心也渐渐变得浮躁不安，求得相守一生的人，已是越来越难。可能正是因为专情的不易，才更显出它的可贵吧。

“人生若只如初见，何事秋风悲画扇。”若是能停留在初见时的美好自然，又怎会有后来的遗憾和哀伤？我们都盼望着美好的结局，但爱情遭遇变心，婚姻遭遇变故的事情那么多，若是真的不幸遇上感情的背叛，倒不如像诗中女子那样，以果敢和坚韧的心态对待。

纸 短 情 长 ，

唱 不 尽
岁 月 悲 歌

——《代悲白头翁》刘希夷

代悲白头翁

刘希夷

洛阳城东桃李花，飞来飞去落谁家？
洛阳女儿惜颜色，坐见落花长叹息。
今年花落颜色改，明年花开复谁在？
已见松柏摧为薪，更闻桑田变成海。
古人无复洛城东，今人还对落花风。
年年岁岁花相似，岁岁年年人不同。
寄言全盛红颜子，应怜半死白头翁。
此翁白头真可怜，伊昔红颜美少年。
公子王孙芳树下，清歌妙舞落花前。
光禄池台文锦绣〈1〉，将军楼阁画神仙。
一朝卧病无相识，三春行乐在谁边？
宛转蛾眉〈2〉能几时？须臾鹤发乱如丝。
但看古来歌舞地，唯有黄昏鸟雀悲。

〈1〉文锦绣：指以锦绣装饰池台中物。
〈2〉宛转蛾眉：本为年轻女子的面部化妆，此代指青春年华。

读这首乐府诗，总让我感到人生易逝，岁月如歌。生命之中的美好，从来都抵不过时间的残酷。花开花落，几度春秋，在这样貌似平静的自然轮回中，人世间已是沧海桑田。

诗歌前半部分，是妙龄的洛阳女子看到落花飞舞，感叹年华如水。多少青春容颜，就在这无限春光中年复一年地渐渐衰老；后半部分，是一个可怜的白头翁形象，如今这般枯槁的模样，谁能想到他从前也是那与王孙公子一起听曲赏花的美少年？病中卧床，更是形容憔悴，叫人看不出本来的面目了。那些快活的时光啊，都一去不复返。作者在全诗中引经据典，落笔处与前面呼应，感叹美人娇颜也是这样的短暂，如小山般的云鬓须臾间就成了乱蓬蓬的白发，曾经的歌舞曼妙之地，也只剩鸟雀在黄昏时分悲鸣。

我曾经在日记里无数次想象自己退休之后的生活，要有一个院子，与老伴一起种满四季的花草；客厅里播放着永远年轻的爵士和民谣；有一个大大的露台，可以仰望星空，也可以挂上投影，在夜幕中彼此依偎着，看一场感人的电影；有几间空置的房间提供给民宿客人，为他们准备好红酒和咖啡；可以随时去往世界各地的任何一个角落，回来后，就在这里给来自各地的客人讲故事，或者，听他们的故事。

就像小时候总在盼着长大一样，我以为长大后脱离了管辖，就能够拥有自由，却不料长大后需要面对更多的责任和难题。如今，我又将对于生活的完美想象放在退休之后，可是，当那一天真的来临，我变得步履蹒跚、头发花白，想必会怀念再也无法返回的青春吧。

每次在路上看见那些颤颤巍巍的老人，听见他们因为健忘或耳背而一遍又一遍询问，都会悲从心来。我们总是在设想着一个孩子未来会变成什么样，却从来没有人去猜想一个老人的过往。也许，他曾在青春年少时叱咤风云，受万人敬仰；也许，他曾深切地爱着一个女子，留下了一段感人肺腑的故事。但所有的辉煌和爱情仿佛都随着岁月流逝变得无关紧要了。

在《半生缘》中，张爱玲写道：“日子过得真快，尤其对于中年以后的人，十年八年都好像是指顾间的事。可是对于年轻人，三年五载就可以是一生一世。”身边的朋友在一起聊天时，也都有着同样的感受。十七八岁的时候，爱上一个人，经历一年的恋爱，就像过了一辈子那么长，每天沉浸在分分秒秒的思绪之中，就算只是一个昼夜，也可以在内心编出一部爱情史诗；可是，等到过了30岁，连发个呆都会恍若隔世，仿佛时间永远都不够用，忽然一天，就从少女长成了少妇，一个回眸间，孩子就开始满地奔跑，越走越远，头上的白发不知道什么时候就冒了出来，眼角的皱纹也越来越多，遮都遮不住。真是想来都令人伤感。

这首乐府诗带给我们的感受，便是这样的惆怅满腹。想不到的是，作者刘希夷写这首诗的时候仅仅20多岁。据说，因为诗中那句“年年岁岁花相似，岁岁年年人不同”，这位25岁便考中进士的才子竟被自己的舅舅谋诗害命。谋杀传闻来自《唐才子传》，真假不知，但听来总是令人感到悲愤遗憾的。

说来，刘希夷算是唐代才子中的孤独症患者。有记载说他是超级帅哥，但他并没有留下什么绯闻和爱情故事，似乎也没有什么朋友，所以诗作也没有受到文人圈的吹捧。他总是一个人孤独地喝酒，仕途上也未得到重用，但他似乎并不在意，言行举止都散发着一种文艺青年的忧郁气质，整天不是沉迷在古体诗中，就是就弹琵琶，玩音乐。他不止文学造诣高，音乐天赋也很惊人，遗憾的是，没有人走近他的内心去了解他。

有一天，他写了这首乐府诗，舅舅宋之问刚巧来访，孤独才子刘希夷便拿出来一起分享。这个宋之问是被唐朝人所不齿的，几位皇帝都将他流放过，据说，他为了讨好武则天，做尽了卑微的事，但嘴臭得厉害，还是没能直接借着武则天飞黄腾达，于是又去讨好她的贴身男伴，甚至为张家兄弟捧尿壶。就这么一个人，看到诗中那句“年年岁岁花相似，岁岁年年人不同”时，眼前一亮，得知刘希夷还未给其他人看过作品，便向他讨要这句诗。

也不知是因为刘希夷没答应，还是因为抄袭了诗作之后被人发现，导致丑闻八卦传遍文人圈，总之是让宋之问很恼火。于是，他把外甥带到郊外，用一种装满沙土的刑具“土囊”残忍地将之压死，伪造成意外身亡的假象。可怜的刘希夷，一直是独来独往，与世无争，万万也不会想到有天会因为两句诗惹来麻烦，凄惨地横死路边吧。

为之叹惋的同时，又不由得为自身感到庆幸。尽管我们在人海之中是这么的平凡，但至少还能享受每天的阳光，还能与亲爱的他一起度过漫长岁月，还能对未来充满期待。眼前的麻烦与苦难，放在时间长河之中，又能算得了什么呢？

不过是遇见碎石激起的点点浪花，或是通向大海的一个急转弯罢了。

岁月如歌，而我们便是那谱曲的歌手。当下的每一个音符，每一段旋律，都是由我们自己亲手填写，当年华逝去，再来重新听这首乐曲，你会知道，所有的喜怒哀乐都是那么动人心弦。在可以相爱的时候，便尽情地爱吧！既然现世安稳，岁月静好，为何不多留下些美好的时光呢？

这世上，

唯对你
情深似海

——《月夜》杜甫

月夜

杜甫

今夜鄜州[1]月，
闺中只独看。
遥怜小儿女，
未解忆长安。
香雾云鬟湿，
清辉[2]玉臂寒。
何时倚虚幌[3]，
双照泪痕干。

〈1〉鄜（fū）州：今陕西富县。
〈2〉清辉：指月光。
〈3〉虚幌：透明的帷幔。

提到杜甫，脑海中冒出的总是一副忧国忧民的老夫子形象。他在文学上造诣颇高，被后人誉为诗圣，生平经历却充满苦难与坎坷，因而他的诗作更多的是贴近底层百姓生活，表达现实的沉重，战乱的灾难，理想的豪情，却很少有浪漫与飘逸，也不似花间派的唯美与多情。在我的少女时期，他并非我所爱。

可是，这个满身家国情怀的男人，却在那兵荒马乱的年代拥有一段最安心的爱情。

19岁便开始四处漂泊的杜甫，多年后才回到故乡。也正是在那年，遇见了司农少卿杨怡的女儿，比杜甫小10岁的姑娘杨氏。

司农少卿是个什么官呢，相当于现在的部级领导。杨氏是名副其实的大家闺秀，不仅举止文雅，还有着仙女一样的美丽姿容，让杜甫情愫顿开。他是幸运的，所爱之人也爱自己。当年，两人便成婚。

若是能够岁月静好，他们大概会安然度过琴瑟和谐的一生吧。只可惜，在那战火纷飞的时期，哪里有什么神仙眷侣。婚后的生活穷困潦倒，妻儿也跟随他饱受奔波流离之苦。

出生于富贵家庭的杨氏，在嫁给杜甫之后就过着清贫的日子，她却没有丝毫怨言，在河边石砧上浣洗捶衣，在陋室之中哺育儿女，有客来时洗手做汤羹，闲时穿针引线替小儿缝补衣裳。

有了暖融融的爱意，即便是这样贫困的生活，他们也能寻找到内心的安慰与支柱，家中和谐温馨。

在短暂的新婚生活之后，杜甫为着胸中的一腔理想抱负，前往长安谋职。原本想要有一番作为，无奈时运不济，他客居长安的10多年里郁郁不得志，生活也越发窘迫。在44岁那年，一代大文豪迫于生计接受了右卫率府胄曹参军这种类似门卫的工作，在回家的时候，却惊闻小儿子已经活生生饿死的消息。“入门闻号咷，幼子饥已卒。”眼看着亲生儿子在自己眼前死去却无能为力，杨氏的心如刀绞，哭得撕心裂肺。

杜甫痛心不已，“所愧为人父,无食致夭折。”他已是中年老男人，却无法给妻儿稳定的生活，食不果腹，衣不御寒，真真是苦了相濡以沫的结发妻子。然而，再多的自责也无法弥补现实的苦难。

安史之乱爆发后，杜甫举家搬迁到鄜州羌村避难。长安陷落，君王逃离，听闻肃宗在灵武继位，杜甫将妻儿留在鄜州，只身奔赴，却不料途中不幸被捕，成为俘虏被关押在长安。就是在那时候，杜甫写下了《月夜》这首诗。

当时，国家动乱，战火纷飞。他独自在遥远的长安，生死未卜，想起身处鄜州的妻儿，不禁悲从中来。

长安的月亮溢洒着清辉，杜甫不免想到在鄜州的妻子，孤单单一人望着天空的月亮，她一定也在思念着自己。

曾经在长安度过那么漫长的岁月，日子虽然艰苦，又免不了担惊受怕，但夫妻尚能彼此陪伴，相互扶持。可是现在，他们天各一方，尽管有孩子在妻子身旁，可他们年少无知，尚不懂得母亲为何要望着明月，又怎么能体会到她对于身处长安的丈夫那浓郁的思念与担忧之情。

夜晚的露水沾湿了她的秀发，清冷的月光更添肩头寒意。可是，她满怀着心事无法入眠。不知要到什么时候，才可以夫妻双双并肩倚靠在薄纱般的窗帷下？只有等到四海升平、夫妻相聚的时候，才能让彼此不再伤心垂泪啊！

全诗以妻子的口吻写就，那份思与忆交织着辛酸。即便相隔千里，他与她之间却被一根线紧紧地系在一起。就算频繁别离，生存多艰，她从来没有埋怨他，以自己单薄的身躯竭尽全力守护着风雨之中飘摇的家。“世乱怜渠小，家贫仰母慈。”而他，心底所有的温柔，一生所有的目光，都给了她，只有她。

他们这一生，经历了太多的流离失所，几经辗转后来到成都，在友人严武等的资助下修建了浣花草堂，才度过了一段安宁的日子。那应该是他与杨氏最快乐的时光了，“老妻画纸为棋局，稚子敲针作钓钩”，“昼引老妻乘小艇，晴看稚子浴清江”。这样的生活太难得，也太美好，假如可以如此延续，杜甫情愿放下一身清高与抱负。“但有故人供禄米，微躯此外更何求？”只要能够有朋友给口饭吃，还奢求别的什么呢？读来，心里涌起阵阵酸楚。

在那个一夫多妻的年代，多情之人俯首皆是，专情之士却屈指可数。杜甫一生从未动过纳妾的念头，也无心于歌舞风月的场所，作为一代文学大家，他虽然没有留下过多的笔墨书写爱情，却将这份深情留在心底，与杨氏恩爱相守30年。

59岁那年，杜甫的身体不堪重负，病死在一条小舟上。而杨氏，在将他带回故乡入土为安后，不久也离开了人世。

这种安暖相伴一生的爱情，令我想到冰心与吴文藻。

她曾说，自己是凡人，只求凡人的幸福。而这幸福，正是与丈夫不离不弃的56年相伴。

就像杜甫与杨氏一样，冰心与吴文藻的婚后生活也平平淡淡，但他们同样享受着简单的春风秋月，一起聆听岁月流过的声音。从新婚燕尔到生儿育女，丈夫的书呆子气在生活中引发了不少笑话，冰心不生气，反倒写下宝塔诗，别有一番趣味。

想来，杜甫这个书呆子也没有给妻子写过一封情书，一辈子聚聚散散就到了垂垂暮年。可是，归于最朴质最真实的生活本身，不正是爱情的真谛吗？

文艺界的女子大多是敏感的，吴文藻不会说好听的情话，也不晓得玩什么浪漫的花样，冰心却从不计较。丈夫常常因为工作而疏于陪伴妻子和孩子，冰心就减少自己的教学时间，将精力放在儿女身上。在丈夫得了肺炎住院的时候，她凭着一己柔软的肩膀，坚强地承担起照顾丈夫和家庭的责任。

后来，遭遇动荡的局势，吴文藻被划错派而看守关押。那段时间，冰心忍着内心的悲痛，安慰他，鼓励他。人生路上，有可以携手一起前进的人，是多么幸福的事情！这份深情，绝不只是在平静岁月里的甜蜜欢笑，更是在危难痛苦时的不离不弃。爱，是这世上最伟大的力量，可以战胜一切苦难。

在冰心的一篇文章中，曾写到他们年老后的一段生活：

“老伴被挤到我住的9平方米的小屋子来，和我合用一张书桌。我们像小学生一样，并排坐着，一男一女，一人一个抽屉。我看书时他也看书，我写字时他也写字，我们总是互相干扰。”

读来趣味横生。就是这样简简单单的日子，却满满都是温情与暖意。就像她所说：“假如生命是乏味的，我怕有来生。假如生命是有趣的，今生已是满足的了！”

在丈夫去世后，冰心独自一人度过了14年晚年生活。依照遗愿，在她去世后，两人终于“死同穴”。在他们的骨灰盒上写着两排小字：“江阴吴文藻，长乐谢婉莹。”

在爱情里，哪里有那么多山盟海誓和花前月下，更多的不过是生活中柴米油盐的琐碎与平凡。可是，也正是这平凡之中的相依相随，才让爱情显得可爱又可贵。

无论是杜甫与杨氏，还是冰心与吴文藻，茫茫人潮中，唯有你一人，吸引了我所有的目光。即便没有太多的情话与轰轰烈烈的故事，此生，亦只对你情深似海。

愿
一　见　钟　情，

便
一　生　定　情

——《题都城南庄》崔护

题都城南庄

崔护

去年今日此门中，
人面桃花相映红。
人面不知何处去，
桃花依旧笑[1]春风。

〈1〉笑：形容桃花盛开的样子。

此诗短短四句话，却向我们讲述了一个动人的爱情故事。细细读来，诗人与一位美丽的姑娘在阳春三月桃花开的季节相遇，在那春光烂漫的好时节，和风拂柳，姑娘的脸颊因羞涩而泛起红晕，与枝头摇曳的粉色桃花交相辉映，令人心醉神迷。美好的爱情，似乎就在这时发生了。可还来不及述说恋爱的种种，已是来年春回时，诗人再次回到当初相遇的地方，却没有寻见心中的姑娘，眼前的春季依然是那么美，可诗人心中却满是惆怅。

若是单单读诗句的字面意思，不免认为诗人是在爱情破灭之后，回忆起曾经温存，感慨失去的美好。欧阳修在《生查子 · 元夕》中所写，正是如此这般的愁情。唐朝有元宵灯会的习俗，青年男女可以趁着盛会谈情说爱。诗中写道，在去年的元宵之夜，花灯点亮了夜空，街市热闹非凡。恋爱中的男女相约在黄昏之后，月上柳梢之时，一种人月两团圆的幸福感油然而生。但欢愉竟是如此短暂。时间流转，很快到了今年的元宵夜，街市还是那样繁华，花灯也还是那么美丽，只是再也寻不见去年相约的那个人。曾经甜言蜜语、海誓山盟，如今冷冷清清顾影自怜，物是人非更令人悲愁涌动，诗人心中的疼痛全都化作泪水流下，打湿了衣衫。读来哀婉动人。

两首诗都是通过时间转换，对比同一场景下的不同心境，形成情感的变化起伏。但《题都城南庄》这首诗的背后，还有一个动人的爱情故事，在《本事诗·情感》中有详细记载。

说的是这首诗的作者崔护相貌英俊，文采出众，是个才貌双全的好男儿，只是性格比较孤僻清高。他进京考取进士，却名落孙山。在清明节这天，他独自在城南郊外春游，偶遇一处庄园，房屋占地有一亩大小，四周花木丛生，仿若寂静无人之境。崔护敲门很久，才有一个女子从门缝中观望，问道：“是谁？”崔护赶紧报上姓名，说：“我独自出游踏春，口渴了，想讨杯水喝。”女子便进去倒了杯水，打开门，摆出一张小板凳让他坐下。她独自倚靠着桃树站立，神情含而不露，身姿妩媚，美丽动人。崔护忍不住以言语挑逗，她却缄默不语，两人对视良久。崔护起身告辞，她将他送到外门，似乎带着不尽的情意回到院中。崔护也三步一回头地离去，此后没有再来。

只是这么匆匆一面，也并未言语，两人却似乎有了相通的心意。很快到了第二年的清明时节，崔护忽然思念起这个女子，情难自禁，便直奔城南郊外的偶遇处寻找她。庄园的一切还是与去年一样，只是院门落了锁。崔护回忆起去年的场景，怅然若失，于是题诗一首在左侧那扇门："去年今日此门中，人面桃花相映红。人面不知何处去，桃花依旧笑春风。"

几天之后，他偶然又到了城南郊外，于是再次去寻找那位女子。他走到门外，却听见里面有哭声，于是敲门询问。一位老父亲走出来问："莫非你就是崔护？"答："是的。"老父亲哭着说："你杀了我的女儿。"崔护惊呆了，不知道该作何回答。

老父亲说："我的女儿已成年，知书达理，尚未许配。去年清明以来，她常常怅然若失，精神恍惚。近日与她外出，回来的时候看见左侧那扇门有字，她读完那首诗，进门就病倒了，几天下来不吃不喝，绝食而死。我已经老了，之所以还没让女儿嫁人，是想给她找个可以依靠的君子，哪知她今日这么不幸身亡。难道不是你杀的吗？"说完号啕大哭起来。

崔护听完老父亲所述，内心也十分悲痛，请求他让自己进屋为女子哭悼。此时，女子躺在床上，看起来面容安然。崔护抬起她的头放在自己腿上，忍不住哭着喊道：“我在这里，我在这里。”哭喊了一会儿，女子竟然睁开眼睛，重新活了过来。老父亲惊喜不已，便将女儿许配给了崔护。

诗中的“人面桃花”成为了典故，用以表达男子追忆心中爱慕之人，却无法再见面的惆怅心境。崔护是否真的经历了这样一段离奇又动人的爱情，我们无法考证，但这个一见钟情的故事，在经历波折之后，有着大团圆的美好结局，满足了我们内心对于爱情的期待。

清代诗人朱彝尊有首词《高阳台 · 桥影流虹》，讲述的背后故事与崔护诗中的内容类似，但结局却是悲伤的。在碧波山色之中，春意浓浓，有位妙龄女子在闺阁看见少年经过流虹桥，心生爱慕，竟思念成疾，命丧黄泉。又逢少年再过家门，母亲将女儿临终遗言告知，少年大哭，女子才得以瞑目。词中满是少女的眷恋和苦闷的愁思，待到相思断肠，离恨归天。

年少的时候，常常为赋新词强说愁，等到年龄越来越大，才发现生活之中的忧伤那么多，为了笑对生活已经花光所有力气，我再也不想看到更多的不完满。

爱情,是个永恒的话题。过去很多年,我都像知心姐姐一样倾听所有的朋友吐露心声,为之开导,如今,却下意识远离那些负能量爆棚的人。我越来越喜欢看喜剧片和充满温情的电影,好像笑着笑着,生活也变得轻松容易起来,在银幕透露出来的虚妄温暖里,似乎连自己的生活也变得美好许多。

一见钟情，然后相伴一生的爱情，在身边的亲朋好友中并不多见，但我记得有一部改编自小说的美国电影《恋恋笔记本》，讲述了一对恋人在二战之后历劫重逢的爱情故事，让我感动至今。

故事开始于20世纪40年代的一个夏季，女主角艾丽·哈米顿与家人一同到海边小镇水溪镇度假避暑，当时正值十几岁的美好年华。她性格活泼可爱，对世界充满了探索的乐趣。华灯初上时，她与好友在游乐场玩得不亦乐乎，放声大笑，这笑声里蕴藏的快乐因子吸引了当地男孩诺亚·卡豪的注意。他们在一次狂欢派对上相遇后，立刻就擦出了爱情的火花。诺亚深爱着这个美丽大方的女孩，整整一个夏季，两人在海边小镇享受着恋爱带来的欢愉，徜徉在爱河之中。

可是，艾丽是出生高贵的富家千金，诺亚却只是当地的一名普通工人，门第悬殊，艾丽的父母绝不可能将女儿下嫁给这样的家庭，便计划让艾丽去纽约上大学，离开了这座小镇。艾丽走后，诺亚忍不住思念之情，每天给她写信，一年写了365封。可是，所有的信都被艾丽的母亲藏了起来，并没有到她手中。

诺亚等不到艾丽的回信，一年后，决定外出谋生。恰逢二战爆发，他便去了军队。只是不知，艾丽也在这时成为了军队的护士。在分开的7年时间里，艾丽并没有收到诺亚的任何消息，她也曾回到两人最初相爱的水溪镇找他，但他已经离开。心上人长时间失去音讯，艾丽面对哈蒙德军官的殷勤追求，终于答应了他的求婚。但她内心深处，却浮现出诺亚的脸庞。

诺亚从战场回到故乡，为了兑现当初的承诺，他买下两人幽会的地方，想要打造成艾丽的“温莎种植园”。他心里怀着一种期望，在这里就能等到艾丽回来。可是，他却在某天意外看见艾丽和哈蒙德军官在街上接吻。诺亚的内心被爱和愤怒撕咬着。他将房子装修成了梦想中的样子，却只剩孤单一人在此喝酒。想到艾丽，他心里疼痛地想一把火烧了房子，但内心万分不舍，于是决定卖掉。因为房子太美了，许多人慕名前来，诺亚和房子的合照还被登报，但他终究不舍得卖。艾丽从报纸上看到诺亚时，悲喜交加。经过激烈的思想斗争，她还是来到水溪镇与诺亚相见。

回到影片开头的画面，在疗养院里，一位年迈的男人在给一个垂垂老去的女人读一本褪色的日记本，虽然她已经遗忘了整个世界，却唯独不忘与他相恋的时光。几十年过去，他依然守护在她身旁，陪伴着她，宠爱着她。还有什么比这更好的爱情呢？

诗人崔护与城南郊外邂逅的女子一眼定情，兜兜转转之后，最终走到了一起。而艾丽和诺亚一见钟情，在漫长的分离之后，再次相遇，并携手走过一生。这些美好的爱情故事，总能在凉薄的现实世界里给予人们希望。

茫茫人海之中，遇见你的灵魂伴侣只有二十万分之一的概率，切莫等到“人面不知何处去，桃花依旧笑春风”啊！

从两小无猜
开始的爱情

——《长干行·妾发初覆额》李白

长干行·妾发初覆额

李白

妾发初覆额，折花门前剧。
郎骑竹马来，绕床弄青梅[1]。
同居长干里，两小无嫌猜。
十四为君妇，羞颜未尝开[2]。
低头向暗壁，千唤不一回。
十五始展眉[3]，愿同尘与灰。
常存抱柱信，岂上望夫台。
十六君远行，瞿塘滟滪堆[4]。
五月不可触，猿声天上哀。
门前迟行迹，一一生绿苔。
苔深不能扫，落叶秋风早。
八月胡蝶黄，双飞西园草。
感此伤妾心，坐愁红颜老。
早晚下三巴，预将书报家。
相迎不道远，直至长风沙。

〈1〉床：井栏杆。弄：玩。
〈2〉羞颜未尝开：指结婚后的害羞之意还没有释解。
〈3〉展眉：指懂得人事，不再害羞。
〈4〉滟滪（yàn yù）堆：瞿塘峡口的一块大礁石。

3岁的时候，爸爸教我读《唐诗三百首》，印象最深的诗人就是李白。因为他的诗歌朗朗上口，名字也特别好记。李白，字太白。简单又明确。长大之后，文学与旅行成为了我的人生两大爱，对于仗剑走天涯的李白，又多了一份欣赏。他凭借着诗赋才华，在漫长的远游征途上，有不少达官贵人将他奉为上宾，热情接待。每当看到他的名字，我脑海中浮现的都是“举杯邀明月，对影成三人”的浪漫想象，或是“仰天大笑出门去，我辈岂是蓬蒿人”的潇洒姿态。

当然，李白的生平并非这么无忧无虑，但在他的诗赋之中，我们总能感受到一颗赤子之心。就像这首写商妇的诗歌，从懵懂天真的孩童时代，一直写到嫁为人妇，盼望丈夫归来的思念之情，情感细密，却毫不矫揉造作，亦无半点偏见，实属难能可贵。

在古代，普通百姓分为“士农工商”四个阶层，商人地位是最低的。所以白居易说“商人重利轻别离”，刘采春说“莫作商人妇，金钗当卜钱”。但到了李白这儿，全然没有三六九等，只有婉转流动的情感。余光中对他的诗赋评价甚得我心：“酒入豪肠，七分酿成了月光，余下的三分啸成剑气，绣口一吐就半个盛唐。”

盛唐的商业是非常繁华的，但嫁入商家的女子与丈夫聚少离多，常常要独守空房，等待着出门做生意的丈夫归来。李白的诗中却没有闺怨之情，反倒更像一幅生活画卷，展现了女子小半生的生活与情感。

开篇前三句，构成了一幅天真无邪的画面。三四岁的小男孩和小女孩在一起玩耍，有时候两个人在门前折花玩游戏，有时候，小男孩骑根竹子当马，跑过来找小女孩，两人绕着院子里的井栏转圈圈，追逐打闹着。古代四合院里的生活场景生动地浮现在眼前，让人感受到一种家庭的温馨和睦。为什么他们可以如此肆意地玩耍呢？因为两个人都住在长干里，就是南京秦淮河以南至雨花台以北的地方。早在春秋战国时代，那里就已经是商业繁华的地段，这两个小孩，应该就是商家的子女。

在我们小时候，也有这样青梅竹马的玩伴吧！那时候真是美好啊，每天大人去上班了，小孩子便在大院里自己玩耍，无忧无虑的。捡根树枝当马骑，或是披块毯子当斗篷，好像世世代代的孩子都在童年玩过这些游戏，跟千年之前也没有多少区别。

诗中的两个孩子就在这样的玩耍中一起长大了。既是门当户对，又是两小无猜，到了适婚年龄，也就自然而然地成为了一家人。可是呀，忽然从无话不谈、嬉戏打闹的儿时玩伴变成了夫妻，身份的转换，让诗中女子害羞起来。她低眉垂首地对着墙壁背光处，任凭丈夫叫她很多次，都不好意思抬起头与之对视。

这段描写真是形象呢！当时诗中女子只有14岁，也就是我们现在上初中的年纪。记得那会儿，忽然有隔壁班的同学跑来说“某某喜欢你”，我的内心简直慌乱得不知所措，从此之后，见到那个男生就躲，根本不敢正眼对视，更别说好好相处了。这就是少女时期的羞涩呀！

到一年之后，诗中女子才真正接纳了这种角色与情感的转换。她深爱着自己的丈夫，愿意与之同生共死，也希望丈夫像《庄子·盗跖篇》中的尾生那样，宁愿抱着柱子被洪水淹死，也要守信等候心中女子。哪里曾想到，经商人家注定要时常分离。

接下去，讲述了丈夫出远门做生意时，女子的牵挂与担忧之情。瞿塘峡的滟滪堆充满了危险，每年农历五月，都特别容易触礁翻船，她暗自祈祷丈夫能够平安归来。时间就在这样的等候中一天天过去，丈夫在门前留下的足迹都长满了青苔。女子一心牵挂远方人，无心面对眼前景，以至于青苔越来越厚，没法清扫，转眼就到了秋风落叶时。一对黄蝴蝶双双飞舞在西园草地上，这情景让女子心生感伤。从农历五月到了农历八月，丈夫还没有回来，是不是要等到她美丽的容颜都老去？女子思念至此，却没有丝毫哀怨，反倒说，不管你何时从三巴回来，一定要先写信给我呀！就算从南京的秦淮河走到安庆的长江边去接你，我也不会觉得远。

李白真不愧是浪漫主义诗人的代表，整首诗清新脱俗，没有一般文人的酸腐和哀愁，而是活灵活现地捕捉到女子的细腻情感，美好又热烈，单纯又真挚。

泰国电影《小情人》中，阿捷和奈娜也是一对青梅竹马的儿时玩伴。尽管同为理发师的父亲彼此不和，母亲却是很好的闺密，于是他们也常常一起玩耍。从古到今，从国内到国外，孩子们都玩着差不多的游戏，跳皮筋、扮家家，奈娜每天都会叫着“阿捷，起床了”“阿捷，我们今天玩什么”。影片中的画面总会在某个不经意的瞬间就激起我们内心深处的认同感，因为我们也曾经历过那样简单纯粹、两小无猜的时光啊！随着阿捷的男性意识逐渐成长，他为了融入男孩子的队伍，维护小小男子汉的尊严，不惜伤害了一直努力对他好的奈娜。尽管他后来充满悔意，想要挽回，却是时光一去不回头。最后的结局，是奈娜搬家时，他们永久地分离。在成长的过程中，我们常常一个不小心就会留下无尽的遗憾。

而另一部1971年的英国电影，中文译名就叫《两小无猜》，讲述了丹尼尔和美乐蒂那份单纯美好的爱情故事。在丹尼尔第一次见到美乐蒂的时候，就像王菲在歌中唱的“只是因为在人群中多看了你一眼，再也没能忘掉你容颜”，那是最初的怦然心动。在得知丹尼尔爱慕自己之后，美乐蒂偷偷地化妆打扮自己，面对爱情时的紧张心情显露无遗。他们天真地相爱，坚信只要结婚了就可以永远在一起。

剧中，两人在墓地草坪上的对话让无数观众笑中有泪。美乐蒂读着墓碑上的字：“50年的幸福。50年有多长呢？”丹尼尔回答：“150个学期，不包括假期。”美乐蒂说：“你会爱我那么久吗？”丹尼尔坚定地点头：“嗯。”美乐蒂说：“我觉得你不会。”丹尼尔说：“我当然会。我不是已经爱了你整整一个星期了吗？”这真是只有天真的孩子才会有的对话，太可爱了！

于是，他们决定私奔，瞒着所有的大人，在铁路边秘密结婚。当老师和家长慌忙赶来阻止的时候，在仪式上宣告了爱情的孩子已经手拉着手奔向阳光。影片以孩子的爱取得胜利作为最终结局，没有让现实中那些教条式的说理无情地拆散他们，让观者也感受到一种孩童式的幸福快乐。

与这两部电影不同的是，《长干行》中的女子在经历过两小无猜的童年时光后，与青梅竹马的他步入了婚姻，即便婚后常常“望断天涯路”，等候着丈夫的归期，内心里依然充满单纯的爱意。这份爱情，有着中国古典式的长情，也因此，更为让人动容。遗憾的是，在我身边的那些两小无猜，最终都散落天涯、各安天命了。

主动
表达爱意，

才不会
留下遗憾

——《长干行四首》崔颢

长干行四首

崔颢

君家何处住，妾住在横塘[1]。
停船暂借问，或恐是同乡。

家临九江[2]水，来去九江侧。
同是长干人，自小不相识。

下渚多风浪，莲舟渐觉稀。
那能不相待？独自逆潮归。

三江潮水急，五湖风浪涌。
由来花性轻，莫畏莲舟重。

〈1〉横塘：地名，在今南京市西南，与长干里相近。
〈2〉九江：泛指长江下游。

上一篇我们读了李白的《长干行》，这篇来读崔颢的《长干行》。相比李白的潇洒飘逸、出尘脱俗，这个崔颢虽然也是才高八斗，人品却实在令人不敢恭维。

据说，他年少轻狂时曾大放厥词，扬言“娶妻唯择美者，俄又弃之，凡四五娶”。大概意思是，娶妻子唯一的标准就是选漂亮姑娘，烦了就抛弃再娶。渣男自古有之，但这般瞧不起女人，还大肆宣扬的，也实在少见。这个人不仅轻视女人，还喜欢喝酒、赌博，早年间写下了不少艳情诗，典型的有才无德之辈。直至去往塞北大漠之后，他的诗风才变得豪迈大气，一首《黄鹤楼》更是流传千古，让诗仙李白都为之搁笔。

回到诗中，这组《长干行》一共四首，因为《唐诗三百首》中只选录了前两首，后世的解读也就常常忽略掉后两首。但我们通读全篇之后，会发现断章取义还是容易造成误解。

如果说李白那首是一篇言情小说，那么这组诗就是一个剧本。在江水之上，一位女子划着采莲舟，看见对面商船上有个俊朗少年，心生爱慕，于是前去搭讪。“你家里住在哪里呀？我住在莫愁湖。”说完，姑娘又觉得有些唐突，为了掩饰自己的心意，赶紧解释道，“我停船来打听，是因为听见你的口音，或许我们是老乡。”少年一看，是个陌生女子，便老实答道：“我家就在长江边上，经常在长江边来来回回。都是长干人，但我从小到大并不认识你。”他的回答倒是一板一眼，典型的话题终结者。

后世的许多解读都是针对这段对话，于是认为男子内心也是非常高兴的，觉得遇见老乡，也心生喜欢，遗憾没有从小青梅竹马地长大。但我们往下读就会发现，故事并不是这样。

面对男子的木讷，女子使用的撩汉手段是表现出楚楚可怜、娇弱无依的模样，她说：“这江水之上常有风浪，我发觉采莲舟越来越少了。难道你不等等我，让我独自一人逆着潮水返程吗？”诗中男子也真是不解风情，可能从小就受妈妈的教育，让他出门在外不要跟陌生人说话。他硬生生地答道：“潮水确实湍急汹涌，风浪很大。但你是女人，轻巧得很，不要怕采莲舟承受不起。”面对女子的主动勾搭，真不知该说这位男子是坐怀不乱，还是正义使然。那句“由来花性轻，莫畏莲舟重”，不仅是赤裸裸地拒绝了女子，还带有讽刺女子轻佻的意味。

故事到此结束，看来，这位女子是搭讪失败了。在古代，男女授受不亲，未出嫁的女子几乎很难有机会跟男子接触，那么，她们要怎么俘获心上人呢？我们先来看看传说故事中的女子都是怎么做的。

汉朝有个穷人家，在某年大旱后颗粒无收，老父亲病倒了，这个孝子四处买药，哪知回到家中，老父亲已经去世。孝子悲痛不已，却连给父亲下葬的棺材本都没有，他无奈之下只得卖身葬父，去傅家做3年苦工。埋葬了父亲之后，他在老槐树下的土地庙歇息，见到一位非常美丽的姑娘走过来。姑娘问他去往何处，孝子实话说了，姑娘流着泪说自己也是这般苦命。孝子叹息，同为天涯沦落人。姑娘便顺势说道，自己已经无家可归，不如就请槐树做媒，土地爷主婚，就地结为夫妻。这便是董永和七仙女的故事。先主动搭讪，然后制造命运的相似处，博得好感或同情，再顺势进一步发展。妙哉！

另外一个传说，是关于前世缘今生续的故事。许多年前，许仙救了一条白蛇，轮回几世后，白蛇修炼成人形，为了报恩，来到西湖边。她先是让妹妹小青施法下了一阵大雨，于是许仙就开始找船，面前的船上就是白素贞。许仙一看，两个姑娘都淋湿了，便把自己的伞递给她们。借着在船上的时间，白素贞编了一个凄惨的故事，说自己父母双亡。刚巧许仙也是父母双亡，立马有了同病相怜的情感。等到下船时，她们也不把伞还给人家，倒是留了地址，让许仙自己上门来取。一来二去，后来便结为了夫妻。你看，先是制造麻烦，让自己走入男子的视线，再楚楚可怜地淋着雨，博取同情，然后编造相似的身世，获取认同感，最后留下来往的机会，使感情进一步发展。撩汉技能简直是一套一套的！

我们在古代故事中经常可以看到这样的桥段，比如小姐看上某书生，于是擦肩而过的时候假装不小心把手帕掉在地上，如此一来，就有了跟书生搭讪的机会；或者家里来了一个少年，小姐在垂帘后不好出现，于是摔破一个花瓶，制造动静，让两人有见面的机会；又或者看见一个心仪的男子，便假装在花园里跑来跑去追蝴蝶，引起男子的注意；再不然，就是在宴席上跳舞，跳着跳着就摔倒在男子跟前。

俗话说："女追男，隔层纱。"通常情况下，女子主动些会更容易促成爱情的发生。诗中女子可能是运气不好，遇上了一个"正人君子"，也可能是长得不太好看，东施效颦起到了反效果，总之她是被拒绝了。但是在现实社会里，女追男大获全胜的故事并不少见。

小闵与悦儿都是我的高中同学，我们仨在青葱的校园生活里曾是形影不离的小伙伴，却有着截然不同的性格。悦儿与我比较内向，小闵却开朗活泼。都说性格决定命运，果不其然。毕业十年，悦儿尚处于暗恋阶段，我还是孤家寡人，小闵已经是两个孩子的妈了。她从美国赶回来参加同学聚会时，说起与先生相识相爱的故事。

那时候，刚刚毕业的小闵参加应聘面试，却在偌大的公司里迷了路，恰巧遇见西装革履的他。他是公司的长期合作伙伴，青年才俊，却一心扑在事业上，只是礼貌地给小闵指明方向，便告辞离开。

第二次遇见，是在小闵实习合格转为正式员工的那个月。她兴奋地跑上前，要了他的联系方式，说是要感谢他当时的帮忙，才没有错过面试时间。这等小事，他早已忘了，推说举手之劳，请小闵不要在意，却最终拗不过她的执着，交出了联系方式。

当天下班，小闵就约他一起共进晚餐，美其名曰择日不如撞日。她甚至想方设法弄到他的行程表，约他一起看歌剧，打网球，为了投其所好，还偷偷报了网球班。功夫不负有心人，当小闵渐渐占据他所有空闲时间，他的内心里终于有了别样的情感。

我和悦儿听完她的一系列故事后，不约而同地举手抱拳，对她死皮赖脸的行为佩服得五体投地。小闵哈哈大笑，拍着悦儿的肩膀说："你都不开口，对方哪里知道你怎么想的？像我先生那种呆子，要不是我主动出击将他拿下，现在还指不定掉到谁的碗里呢！"

如果说，婚后生活是需要双方的细心经营才能圆满，那么，在爱情开始的时候，主动向喜欢的对象表达自己的感情才能有机会结下良缘呀。我们已经听过太多遗憾的故事，与其为错过的真爱而惋惜，不如像小闵那样，以坦率和真诚的心面对爱情。相比之下，悦儿虽然心生爱意，却矜持地退居旁侧，不敢表达自己的情感；或口是心非，不断地试探和考验心爱的男子，直到他失望离开才追悔莫及。有句网络流行语叫：不作死就不会死。这句话刚刚好可以用来形容人们对待爱情的态度。

回看诗中，虽然诗中女子搭讪失败，但她至少主动争取过，起码不会留下遗憾。而我们身边的很多人，却是眼睁睁看着爱情从面前溜走，都没有伸手挽留的勇气，那才是真的可悲。

失　去
爱　情　时，

莫　再
失　去　自　己

——《南歌子词二首》温庭筠

南歌子词二首

温庭筠

其一

一尺深红胜曲尘，天生旧物不如新。

合欢桃核终堪恨，里许元来别有人〈1〉。

其二

井底点灯深烛伊〈2〉，共郎长行〈3〉莫围棋。

玲珑骰子〈4〉安红豆，入骨相思知不知。

〈1〉里许：里面，里头。许，语助词。元来：即“原来”。人：取“仁”的谐音。

〈2〉深烛：音谐深嘱，此处用的是谐音双关的修辞手法，写女子“深嘱”情郎。伊：人称代词，此处代“你”。

〈3〉长行：古代的一种博戏，用掷骰子来博“长行局”，是一种低俗的赌博，简单易行，盛行于唐。

〈4〉骰（tóu）子：博具，相传为三国曹植创制，初为玉制，后演变为骨制，因其点着色，又称色子。这骰子上的红点，即被喻为相思的红豆。

爱情里，负心离开的人，又怎么会知晓被留下的人有着怎样的感伤？

曾经花前月下，你侬我侬，待到激情退去，生活步入平淡，当时的海誓山盟也就随风远去。男子移情别恋，女子忍气吞声的婚姻生活已不是稀奇事儿，恰恰应了那句“妻不如妾，妾不如婢，婢不如妓，妓不如偷”。空悲切，那个被留下的人却还在细数旧时恩爱温情，明知他已移情别恋，仍放不下心底切切相思。

叶嘉莹在评论温庭筠词的特色时，说他擅长用语言符号引发人们的联想，作为符号的词语就像语序轴上的一个按钮，一下子就可以触发人们的感官印象，并指向一个在当时社会背景下所认知的普遍意义。

比如“一尺深红”“合欢桃核”，很容易就会让人联想到当初韶颜稚齿嫁与君的情景，盖头下的女子明亮可爱，旁边站立的男子亦是风华正茂，确是一桩郎情妾意的美好恋情。可是，这段交付一生的爱情却在时间的流逝中蒙上尘埃，女子幽幽叹道，虽然新衣惹人喜爱，可人还是旧识旧知的好啊！

这份感慨间蕴含的痛苦分明带着些许无奈。可喜新厌旧的情感从古至今早已司空见惯，人们在生活中不断更换新的衣物，淘汰旧的东西，不过是受到新鲜感的驱使，迷醉于短暂的感官刺激。所谓经时间发酵才有的醇厚与悠长，又或者旧物的光泽，只是属于念旧之人才能体味的珍贵罢了。物质如此，情感更是如此，正如那句“一尺深红胜曲尘，天生旧物不如新”。

歌里唱没有什么是永垂不朽，也常见到这样的句式：生命的本质就是善变的。但陷入感情中的人感性总是大过于理性，谁不想求一个天长地久呢？而在一段质变的感情里，我所见所闻，女生总是更加难过，更念念不忘的那一个。

面对情感的背叛，女子常常无法面对内心的痛苦，明知对方的心已经远远离开，却不肯相信，沉溺在被辜负的感情里不能自拔，忍不住细细翻开时间褶皱里的每一寸，越是想念着当初的软语温存，越是为现实的凄凉感到痛苦。

渡边淳一在《男人这东西》这本书中，就讲述了男性随着年龄增长，生理和心理上发生的一系列变化。在对待感情和婚姻的观念上，男性也与女性截然不同。大多女子天生情长，既是以身相许，便恨不得痴痴缠缠一辈子，可是，女性的感情越浓烈，反倒让男性心里越感到疲惫。在婚姻面前，则是女性对于婚姻有着向往和依赖，男性却往往怀有矛盾的心态。因此在面对情伤时，男人总是更容易更迅速地走出来。

列夫·托尔斯泰在《安娜·卡列尼娜》一书中，展现了安娜一生的爱情悲剧。她原本是高官亚历山大·卡列宁的夫人，是奥布朗斯基公爵的妹妹，有着良好的出身，显贵的家庭。在遇见渥伦斯基之前，她的生活一片风平浪静。可是，命运时常捉弄人。

在她前去莫斯科为哥嫂的婚姻问题做调解人时，意外结识了风流倜傥的渥伦斯基，从此陷入一段婚外恋的感情旋涡。安娜太过率真，沉迷在恋爱的狂热中，不惜放弃了原有的家庭，一心追逐爱情。却不料，这段违背道德的婚外情日后遭遇了亲朋好友的冷眼与羞辱，令她难以承受。雪上加霜的是，与此同时，渥伦斯基也不再像从前那样迷恋她，在外面有了新的情人，对她的态度越来越冷淡。

内心绝望的安娜最终走上铁轨，选择了一条不归路。这段感情让她迷失自我，当现实的残酷如暴风雨般袭来时，身边的人却不再给予丝毫安慰，她再也找不到存活的意义，最终放弃了人生的希望。

莫文蔚有首歌叫《他不爱我》，身旁的男人心里住着别的女人，所以才会“牵手的时候太冷清，拥抱的时候不够靠近”“说话的时候不认真，沉默的时候又太用心”。她已经知道，在他心里上演的全是他和另外一个女人的电影，可最难过最无奈的是，“尽管如此，他还是赢走了我的心”。

像安娜一样的女子又何止一个，自身有才有貌，却为情所伤，让自己陷入绝境。她们何尝不明白往事不堪追忆，可还是割舍不下那段感情。心想只要他能够迷途知返，记着这里还有一个家，有一个深爱他的女子，就可以给自己找一万种理由，就当他是玩心太重贪恋片刻，或是出门在外逢场作戏，什么都好，她们会说毕竟他还是回来了，他还是爱我的。

“井底点灯深烛伊，共郎长行莫围棋。玲珑骰子安红豆，入骨相思知不知。”

太爱一个人就会变得这样，你要离开了，但我仍留在原地等着你，当你回头的时候就可以看见我。然而，爱情需要互相成全，再深刻缱绻的情思，若只是单方面的付出与牺牲，只会让自己变得痛苦不堪。

安娜选择了放弃生命，朋友小绮却从未被撕碎的爱情打倒。她经历了两次婚姻，几次凄婉的恋情也闹得尽人皆知，但她的状态却一直不错，在分手后依然保持着满满的活力，坦然祝福对方，也相信自己可以过得更好。

小绮没有迷失自我，也没有扮演受伤的角色博取同情，而是更好地规划起自己的生活，运动健身、爬山潜水，始终保持着优雅从容的姿态，不断充实自己。虽然身旁也时常会有些闲言碎语，有人替小绮惋惜，为何总是遇人不淑，也有人横加指责，认为她对待感情不够真诚，忘记一个人比爱上一个人更快。但更多的人，从小绮的经历中发现，女人失恋了、离婚了，天并不会塌下来。面对感情这样果决与坚韧的女人，同样也不会被生活轻易击垮。

诗中女子在爱情里是隐忍的，即便知道丈夫心里有了别人，却还是抱着殷殷期望去叮嘱他，交代他，希望能让他知晓自己的感情，明白自己的思念。她怀抱着深情换深情的渴望，咬牙吞下所有痛苦，却不曾想过兴许这一切都只是她内心里上演的独角戏罢了。

这份深情虽令人动容，但也十分心酸。有时为了挽回委曲求全，把自己搞得狼狈不堪，甚至不惜伤害自己。既然这样痛苦，何不学着接受与坦然放手，像小绮那样敢爱敢恨，情浓时竭尽全力好好爱一场，而当感情淡去时也不必哀怨自弃，洒脱勇敢地转身给曾经的感情留一些美好记忆，也给自己一个重新开始的机会。

人生漫漫，谁说眼前没有更好的风景呢？

莫　问
是　缘

还　是　劫

——《无题·相见时难别亦难》李商隐——

无题·相见时难别亦难

李商隐

相见时难别亦难，
东风无力百花残。
春蚕到死丝方尽，
蜡炬成灰泪始干。
晓镜[1]但愁云鬓改[2]，
夜吟应觉月光寒。
蓬山此去无多路，
青鸟殷勤为探看。

〈1〉晓镜：清晨照镜。
〈2〉云鬓改：指头发由黑变白。

有时候，爱情的发生就是那么毫无道理可言，不顾身份、年龄，不论财富、地位，只是在茫茫人海中遇见，便飞蛾扑火般动了情，从此连绵无绝期。

李商隐这首诗写尽了爱情中的惆怅，是相见时的重重阻拦，更是别离时的难分难舍。在这暮春之际，连东风都如此绵柔无力，争奇斗艳的花儿从枝头片片凋零，更是增添了内心的愁思。可是，即便已经如此憔悴，如此了无生机，思念之情却没有减少。那份感情就像春蚕吐丝，一直要到生命终结才会吐完，就像燃烧的蜡烛，直到烧成灰烬，才不会再流泪。

女子晨起梳妆，对着镜子凝视自己的发丝，唯恐青春年华逝去，云鬓变白，发丝掉落。夜已深，男子却无法入睡，在惨白的月光下吟诗，内心如此凄凉，应该会觉得寒冷吧。虽然思念之情满溢，却苦于无法见面，只能在这清晨、夜晚都被愁苦折磨着。

诗中最后一句，借用了神话典故来表达绵长的痴情。听说对方就住在蓬莱仙山上，只是无路可去，唯有希望西王母的信使青鸟能够替我多去探望。哪怕这段感情如此无望，内心仍怀有深深的眷念。

全诗萦绕着一种伤感的基调，哀婉又深情，读来令人感觉心中隐隐作痛，李商隐果然不愧为“忧郁王子”。据说，这首诗的背后有一段不被世人所接受的爱情故事，他一生写过多首无题诗，都是为这位女子所作。因为那份情感无法用言语形容，只得以无题命名。

盛唐时期，道教非常兴盛，形成了“扬道抑佛”的风气，连皇宫宗室的子女都常常被派去修炼。当时，宋华阳作为侍奉公主的宫女，陪同前往玉阳山西峰的灵都观中修道。她本就是个普通女子，心怀七情六欲，估计也不是自己想潜心修道，只是无奈身份所迫，才不得不随公主入山。

高山之上，青松幽谷碧波万顷，本就是文人喜欢的场所。李商隐当时也去了玉阳山修道，就住在离宋华阳不远的东峰。刚上山时，他还专心阅读了一阵道家典籍，但遇到宋华阳之后，修道之事就被男女情爱给取代了。

两人一见倾心，很快坠入了爱情之河。虽然彼此心里都清楚，他们的感情是不被清规礼教所容的，但内心的火焰已经被点燃，也就顾不得这许多外在的限制了。

从那一天开始，李商隐和宋华阳就经常在两峰之间往来，身体的交融和偷欢的愉悦让他们领略到一种无法言说的美妙和刺激，每次临到分别时，两人都依依不舍，真是“相见时难别亦难”。

因为宋华阳的身份特殊，李商隐对她的感情只能寄予朦胧的诗篇，以仙境与仙侣为托，表达对她的无尽思念。在另一首无题诗中，他写道:“来是空言去绝踪，月斜楼上五更钟。梦为远别啼难唤，书被催成墨未浓。蜡照半笼金翡翠，麝熏微度绣芙蓉。刘郎已恨蓬山远，更隔蓬山一万重。”依然借用了蓬莱仙境，诗中所述也依然是离别的悲伤与浓浓的思念之情。

良辰美景固然令人迷醉，但这般放纵的爱欲，最终导致宋华阳怀孕了。此事暴露之后，李商隐被赶下了山，而宋华阳不知去向，有人说她被遣返宫中，也有人说她出家做了女道士。从此之后，两人再无相见。

不由得想到李商隐另一首著名的《锦瑟》：“锦瑟无端五十弦，一弦一柱思华年。庄生晓梦迷蝴蝶，望帝春心托杜鹃。沧海月明珠有泪，蓝田日暖玉生烟。此情可待成追忆，只是当时已惘然。”诗中借用了庄周梦蝶的典故，比喻自己想起青春年少时一切，已是梦里梦外分不清楚；以望帝化为杜鹃啼血的典故，来表达自身哀婉凄凉的情感；以鲛人泣泪成珠的传说，来表达内心的悲痛；以蓝田玉的典故，来表达那繁复交错，可望而不可即的幻灭之感。最后说道，这份情感一直追忆到如今，只是当时并不知道珍惜，如今也只剩下一片惘然。

后来，李商隐还有过几段感情，而宋华阳却再也没有消息。未婚先孕的女子，在古代几乎没有生存的空间。李商隐只不过是被赶下山，大不了也就是多了一段爱情故事和人生经历。对于宋华阳而言，却等于葬送了整个人生。

在爱情之中，女子总是处于弱势。明知无望的情感，除了换取短暂的欢愉，就只剩下永久的伤痛。但宋华阳还是不管不顾地去爱了，兴许在她的内心，能够有这么一段痴情缠绵的爱情经历，此生足矣。

站在旁观者的角度，我们总是能够轻易地对爱情评头论足，然而，对于身陷爱情中的男女而言，究竟是遗憾与悲剧，还是永不后悔的珍惜，却只能留给当事人诉说。

20世纪的经典电影《廊桥遗梦》中，乡村家庭主妇弗朗西斯卡与摄影师罗伯特·金凯的爱情，又何尝不是如此？短暂的浪漫相爱，那闪烁的微光却延续到了彼此生命的尽头。

就像剧中那段话所言，“我们每个人都生活在各自的过去中，人们会用一分钟的时间去认识一个人，用一小时的时间去喜欢一个人，再用一天的时间去爱上一个人，到最后呢，却要用一辈子的时间去忘记一个人。”

遇见爱情之前，弗朗西斯卡与丈夫和儿女已经度过了20年清寂的生活，为了照顾家庭和儿女，她几乎忘了年轻时的自己也曾热烈地追求着自由与美。但是罗伯特是离异的孤身一人，背着摄影器材周游在世界各地。原本不会有交集的两个人，却偶然地相遇了。正如李商隐与宋华阳的不期而遇。

弗朗西斯卡的丈夫带着儿女去了博览会，留下她独自一人。罗伯特为了在爱荷华寻找一座廊桥，恰巧在农舍前迷路。在弗朗西斯卡的带领下，罗伯特顺利找到曼迪逊桥，并在拍完照后采摘了一束野菊花送给她表示感谢。爱情，兴许就在那一小束野菊花的传递中开始了。

他们一起喝冰茶，说起自己的婚姻与家庭。在短暂的接触中，弗朗西斯卡内心里沉寂已久的感情被罗伯特点燃。当晚，她选择了遵从自己的情感，独自前往曼迪逊桥留下了一张纸条。

在这4天里，他们一起拍照，共进晚餐，他们互诉衷情，相拥而舞。就像弗朗西斯卡在剧中所说：“在4天之内，他给了我一生，给了我整个宇宙。”而罗伯特说：“对宇宙来说，4天和4兆光年没有什么区别。”不知当年的李商隐与宋华阳是否也有着一样的心情？

尽情相爱的时候，他们是快乐的。就像罗伯特所言，他来到这个星球不是为了旅行摄影，而是为了爱她。而她，感觉自己并不是在草地上坐在他身边，而是在他身体里，心甘情愿当一个囚徒。

可是，弗朗西斯卡终究不忍伤害自己的家人，在厮守4天之后，他们痛苦地分离了。她依然是一位乡村主妇，他也依然是一名孤身的游客。

这段短暂的恋曲，却在他们心里延续了一生。罗伯特一生未再娶，在17年后，弗朗西斯卡收到罗伯特的遗物，她悉数收在木盒里，却不忍触及回忆，只在每年生日的时候拿出来看一次。

这段感情被埋藏在心底深处，直到她过世之前，才在给儿女的长信中，要求他们不顾小镇土葬的风俗，将她的骨灰撒在曼迪逊桥畔。生时不能长相守，唯愿死后能够久相依。

《廊桥遗梦》的痛，在“恨不相逢未嫁时”；而李商隐和宋华阳的痛，在清规礼教所不容。

谁能说得清，爱情是缘还是劫？在我的朋友中，勇敢追求爱情的不一定就能美满，心动时踌躇不前的却都留下了遗憾。

愿你能
忘却繁华，

珍惜当下

——《琵琶行》白居易

琵琶行

白居易

浔阳江头夜送客，枫叶荻花秋瑟瑟[1]。
主人下马客在船，举酒欲饮无管弦。
醉不成欢惨将别，别时茫茫江浸月。
忽闻水上琵琶声，主人忘归客不发。
寻声暗问弹者谁，琵琶声停欲语迟。
移船相近邀相见，添酒回灯[2]重开宴。
千呼万唤始出来，犹抱琵琶半遮面。
转轴[3]拨弦三两声，未成曲调先有情。
弦弦掩抑[4]声声思，似诉平生不得志。
低眉信手续续弹，说尽心中无限事。
轻拢慢捻抹复挑，初为霓裳后六幺。
大弦嘈嘈如急雨，小弦切切如私语。
嘈嘈切切错杂弹，大珠小珠落玉盘。
间关莺语花底滑，幽咽泉流冰下难。

〈1〉瑟瑟：风吹草木之声。
〈2〉回灯：指添油拨芯，使灯重新明亮。
〈3〉转轴：即定弦。轴，指琵琶上调整琴弦松紧的木把手。
〈4〉掩抑：指琵琶声低沉压抑。

冰泉冷涩弦凝绝，凝绝不通声暂歇。
别有幽愁暗恨生，此时无声胜有声。
银瓶乍破水浆迸，铁骑突出刀枪鸣。
曲终收拨当心画，四弦一声如裂帛。
东船西舫悄无言，唯见江心秋月白。
沉吟放拨插弦中，整顿衣裳起敛容。
自言本是京城女，家在虾蟆陵〈1〉下住。
十三学得琵琶成，名属教坊第一部。
曲罢曾教善才服，妆成每被秋娘妒。
五陵年少争缠头〈2〉，一曲红绡不知数。
钿头银篦击节碎〈3〉，血色罗裙翻酒污。
今年欢笑复明年，秋月春风等闲度。
弟走从军阿姨死，暮去朝来颜色故。
门前冷落鞍马稀，老大嫁作商人妇。
商人重利轻别离，前月浮梁买茶去。

〈1〉虾蟆（há má）陵：在长安东南，为歌女聚居之处。

〈2〉五陵年少：指豪门子弟。缠头：赠送的锦帛绫罗。艺伎演出时以锦缠头，客人便以缠头之锦为赠礼，后成为专送歌舞伎的礼物，称“缠头彩”。

〈3〉钿头银篦：镶嵌金丝的银篦子。击节碎：因打拍子而打碎了。

去来江口守空船，绕船月明江水寒。
夜深忽梦少年事，梦啼妆泪红阑干。
我闻琵琶已叹息，又闻此语重唧唧。
同是天涯沦落人，相逢何必曾相识！
我从去年辞帝京，谪居卧病浔阳城。
浔阳地僻无音乐，终岁不闻丝竹声。
住近湓江地低湿，黄芦苦竹绕宅生。
其间旦暮闻何物？杜鹃啼血猿哀鸣。
春江花朝秋月夜，往往取酒还独倾。
岂无山歌与村笛，呕哑嘲哳[1]难为听。
今夜闻君琵琶语，如听仙乐耳暂明。
莫辞更坐弹一曲，为君翻作琵琶行。
感我此言良久立，却坐促弦弦转急。
凄凄不似向前声，满座重闻皆掩泣。
座中泣下谁最多？江州司马青衫[2]湿。

〈1〉呕哑嘲哳（zhāo zhā）：形容乐声杂乱刺耳。

〈2〉青衫：唐时八、九品文官着青衣。白居易为江州司马，品级是最低的九品将仕郎，故穿青衫。

这首诗讲述了白居易被贬至九江当司马时，夜游偶遇琵琶女，在听完她的身世之后，想到自己的政治生涯也是如此凄惨，遂发出“同是天涯沦落人，相逢何必曾相识”的感叹。这首诗被选录到中学课本，记得老师在上课的时候，用了整整一节课讲琵琶女的弹奏技艺如何高超，如诉如泣，并要求所有学生在课后背诵。

然而，等到重读此诗，才发觉琵琶女的技艺是否高超，在诗中完全不是重点。整首诗读下来，根本就是一个事业失意的老男人与远离繁华后心有不甘的艺伎邂逅的故事。

那是一个秋天的夜晚，白居易约了朋友到浔阳江头的游船上，替朋友送行。秋风吹来，荻花都在瑟瑟发抖，一派萧索。推杯换盏间，因为没有管弦之乐的助兴，一群大男人喝得是郁郁寡欢。我们知道，白居易是青楼常客，喝斋酒自然是没有喝花酒那般兴趣盎然。几杯酒下肚，感觉了无乐趣，几个男人准备就此别过。夜空之上，一轮明亮的月亮倒映在茫茫江水之中，更显冷清。

就在这时，忽然传来一阵琵琶声。静谧的夜空下，这乐曲听来尤其动人，于是几个大男人都站立在原处，完全忘了回家这回事儿。顺着乐曲传来的方向，他们小声问道："是谁在弹奏？"琵琶声停了下来，但迟迟没有回答。于是，这几个男人就把船划过去，邀请琵琶女过来。有了女子弹奏助兴，他们立马又有了喝酒的兴致。这边招呼船家点灯添酒，重新开宴，那边不停地喊琵琶女过来。

过了很久，琵琶女终于出现了，抱着琵琶半遮住脸。接着，就是让老师详解一节课的弹奏技艺描写。音乐有着天生的感染力，我们常常可以在歌曲的旋律之中找到情绪宣泄点。于是，遭遇贬谪的白居易就在这琵琶声中听出了平生不得志，那些幽幽凄凄的心事，其实就是他自己的心事。跟随着节奏的起伏和旋律的变幻，他的情绪完全被调动起来，想到自己的经历，"别有幽愁暗恨生"的思绪与旋律融为一体。

弹奏结束时，万籁俱寂，唯见江中淡白的月色。这时候，琵琶女收起拨片，整理好衣裳，正襟危坐着，开始讲述自己的生平。她说自己本来在京城教坊，住在虾蟆陵这个繁华之地。在此解说一下，教坊是唐朝的宫廷音乐机构，会选拔一些人表演歌舞、杂技、乐器等，实际也属于“艺伎”。她说自己13岁学成琵琶弹奏，是教坊弹得最好的，不但才艺高超出众，美貌也是无与伦比。那时候，生活是如何奢靡艳丽啊！身处富贵名利场，周遭的人非富则贵，一大群的青年才俊围绕在身边，每次弹奏完，她都可以收到大把金钱，礼物多得数都数不清。弹罢唱罢，便是喝酒作乐，拔下头上贵重的发簪打节奏，敲碎也不心疼，喝酒喝到昂贵的裙子上洒满酒渍也无所谓。狂欢享乐，奢华放纵，真正是纸醉金迷的生活！

从她的述说可以看出，那些被公子哥们追捧的岁月让她怀念不已。在夜夜笙歌中，时间就这么一天天、一年年地过去了。可是，哪怕遭遇了“弟走从军阿姨死”的人生变故，她也还是沉迷在那种生活里不能自拔。直到朝廷对教坊缩减规模和剪裁编制，前来寻欢作乐的贵族子弟越来越稀少，而她的年岁也越来越大，才嫁给了社会地位低下的商人。然后，她就开始控诉自己的丈夫，说他就知道赚钱，一点也不在乎感情，上个月就出远门去卖茶了，现在还没回来，留下她一人守着这艘空船，每天凄凄凉凉地面对这寒冷的江水和明月。白居易对商人本来就有偏见，又沉浸在自己的感伤情绪里，听完琵琶女的讲述，顿时有了“同是天涯沦落人，相逢何必曾相识”的感慨。主要是琵琶女曾经在京城，年轻时有才有貌被众人追捧，现在却落入清冷的境地。他呢，本来在京城做官做得好好的，建言献策，为国家尽心尽力，却不料惹恼了领导，被贬到此地做个低微的闲职，心理上同样无法接受。琵琶女对丈夫不满，对现状不满，他则对遭受贬谪的处置不满，对这个地方不满，两人有了进一步的情感认同。

两个人是惺惺相惜，恨不得抱头痛哭。于是，琵琶女又弹了一曲，弹得是催人泪下，在座宾客皆掩面而泣，哭得最厉害的就是白居易，把九品官服的青衫都哭湿了。

说来也是巧了，这个白居易好像常常在晚上夜游，还常常在夜游时遇见少妇。《夜闻歌者》里写到他在鹦鹉洲游船，遇见一个颜如雪的漂亮少妇。《琵琶行》里又写到他在浔阳江头夜游，遇见琵琶女。一个是穿着官服出来喝酒，千呼万唤陌生女子来给自己弹奏助酒兴的公务员；一个是独守空船、寂寞难耐，半夜跑到陌生男子船上控诉自己丈夫的商人妇。也难怪后世有许多人认为白居易和琵琶女之间发生了一段感情。元朝戏剧家马致远写了篇杂剧《江州司马青衫泪》，就是改编了白居易和琵琶女的爱情故事，还在剧中把茶商狠狠惩罚了一顿。

我们知道，白居易有个青梅竹马的初恋叫湘灵，他19岁的时候就给湘灵写过一首诗《邻女》。可是，白居易的母亲不同意他们谈恋爱，因为他是官家子弟，而这个女子只不过是平民百姓，门不当户不对。两人本是相爱，无奈在现实的压力下被迫分开。在白居易去往江南叔父家的路上，因为想念湘灵，给她写了三首诗。这个时候，他们都已经20多岁，在古代属于大龄剩男剩女了。

后来，一直到白居易33岁，在长安当上校书郎，他觉得自己也算功成名就了，再次恳求母亲同意他俩的婚事。可他母亲态度坚决，不但反对，还举家搬迁到长安，以断绝与湘灵的联系。从此，白居易不思嫁娶，流连于风月场，成为青楼常客。一直僵持到白居易37岁那年，他才终于遂了母亲的愿，与一名官家女子结为夫妻。

又是几年过去，白居易被贬做江州司马，去赴任的途中竟然意外遇见了湘灵父女。他们父女漂泊在外，湘灵已经40岁，仍未婚嫁。白居易忍不住痛哭流涕。据说，他写出千古绝唱《长恨歌》，就是寄托了与湘灵那段刻骨铭心的感情。

看来，白居易也并非生来就放荡不羁爱青楼，而是心里装着的那个人始终没有离开过，所以他会在《长恨歌》中写道："在天愿作比翼鸟，在地愿为连理枝。天长地久有时尽，此恨绵绵无绝期！"那不是唐玄宗和杨玉环的感情，那是他内心深处的痛啊！

一想到我们身边的那些大龄男女，每天说着找不到合适的，一旦有人介绍对象，却百般退缩。如此反复，年华转瞬即逝。他们又说道，其实一个人挺好的。在他们内心深处，兴许也有着一个永远无法抹去的身影吧！不是对面的他不够好，也不是贪恋世间繁华，只是，曾经的那份爱已经耗尽了心力，再也没有多余的情感去接纳一份新的爱情。可是，生活依然在继续。如果没有放下过去的勇气，又怎能认真过好当下的生活？

十几二十岁的女孩子，但凡有些许姿色或是才华，哪个没有经历过被男孩子围着追的时候？可是，我们总会慢慢长大，慢慢老去，没有谁可以留得住青春年华，也没有谁可以在时间的洪流中永远占据舞台中心。爱情最终会回归生活，在平淡岁月之中，有一个相爱的人，一起面对柴米油盐的琐事，一起看斗转星移、日升月落，这不就是人生的美好吗？

年华似水，

莫负
好时光

——《金缕衣》

金缕衣

劝君莫惜金缕衣，
劝君惜取少年时。
花开堪折直须折，
莫待无花空折枝。

这首诗读起来真美，句句带着劝说的意味，却句句都没有说教的字眼。记得上高中那会儿，很多同学都喜欢借用这首诗中的句子来自勉，或用以激励自己抓住青春年华努力学习，或用以鼓励自己对喜欢的女孩子表白。一首诗，将时光镀上了绚烂的金色，那是比华贵的金缕衣更宝贵的少年时光，花开美好却短暂，劝君莫要辜负了呀！

我很喜欢这首诗读起来的韵律与节奏，回环却不反复，吟哦之间，仿佛走进了一片春色。诗歌作者已不知姓名，只知在中唐时期，这就是一首流行歌曲，被传唱千年直到如今。因为这首诗与杜秋娘的一生息息相关，也有人将作者写成杜秋娘。

杜秋娘是位美丽的江南女子，出生于唐代金陵，在15岁的时候，就被镇海节度使李锜买入府中为歌舞姬。她谱写演唱了一曲《金缕衣》，深得李锜的欣赏，于是被纳为侍妾。到唐宪宗时期，李锜举兵反叛，结果在战乱中被杀，杜秋娘被抓入宫中，再次成为歌舞姬。

作为一个叛军家属去给皇帝表演，杜秋娘倒也不卑不亢，一首《金缕衣》唱下来，深合唐宪宗的心意，很快就得到皇帝的宠爱，封之为“秋妃”。后来，皇帝还常常与她商讨国家大事，恩宠有加，两人度过了十几年的好日子。

哪知命运多舛，唐宪宗忽然死于宫中，唐穆宗继位。不知是不是唐穆宗也喜欢杜秋娘唱的《金缕衣》，不仅没有为难她，还让她负责教养小皇子李凑。杜秋娘倒也随遇而安，从此专心照料小皇子的生活和学习，小皇子李凑也在这首歌曲的陪伴下成长为漳王。

但大唐在宪宗之后就动荡不安，频繁易主，后来，朝政大权落入宦官手中，漳王被贬为庶民，杜秋娘也被赶回了老家。据说，晚唐诗人杜牧路过金陵，看见杜秋娘晚年的境况，感慨不已，作《杜秋娘诗》记录了她传奇的一生。

从杜秋娘的故事再回到这首诗，一种更为强烈的情绪萦绕心头。宫中岁月几十载，富贵荣华如同金缕衣，可这些又怎么比得上青春的可贵？千金散尽，兴许还有回来的一天，但青春逝去，就再也不可能重返少年。

“花开堪折直须折”，在最好的年华，我们可以尽情地施展才华去实现自己的梦想和抱负，也可以尽情地享受相爱的快乐。美好的一切都是那么短暂，切莫等到“林花谢了春红”，才悔恨时间“太匆匆”。

作家张心远在少年时就非常喜欢后主李煜那首《相见欢·林花谢了春红》：“林花谢了春红，太匆匆。无奈朝来寒雨晚来风。胭脂泪，相留醉，几时重。自是人生长恨水长东。”取笔名为“恨水”，以自勉。在他的小说《似水流年》中，男主角取名黄惜时，真是意味深长。

这部小说中的黄惜时先是对白行素一见钟情，在北上求学的路途中对之殷勤不已，博得好感。入学不久，他竟又迷恋上交际花米锦华，随手就抛弃了白行素。米锦华贪慕富贵虚荣，为了讨好她，黄惜时重金挥霍父亲的积蓄，天天过着纸醉金迷的生活。最可悲的是，当父亲北上看望他，他却嫌弃父亲土气，在人前不愿承认父子关系。米锦华更是对这个乡下老头毫无礼貌。父亲悲愤交加，黄惜时却不知悔改，最终两人断绝了父子关系，黄惜时也失去了经济支持。

米锦华本就是玩弄感情的高手，发觉没有好处可捞，很快便离开了他。黄惜时从此一步步踏进堕落的深渊，先是逛窑子逛出了梅毒，险些丧命，虽然靠药物控制了病情，却被学校开除了。后来，众叛亲离的他不断典当，直到卖掉最后的棉被，吃了最后一顿大餐。他跑去寺庙出家，哪知出家也是要花钱的。幸亏他还能写一手好字，替茶馆说书人写了封家书后，当地的人都愿意出钱请他写信，他也就靠着这点微薄的收入勉强维生。

偶然一天，白行素来到此地郊游，认出了黄惜时，他羞愧难当，匆匆逃离到远方，成为一名旅行者。他就这么一边教书，一边旅居，走到沈阳时发现米锦华做了军阀姨太，旧日恋人落得如此卑微，他不禁心生怜悯，却差点因此丧命。

在朋友的帮助下逃走后，黄惜时回到家乡，这才得知父亲办了学，对外人只称儿子成为旅行家，从来不曾提及他半点不好。直到此时，他才感到自己年少时的荒唐与可悲。因无颜面对父母，他默默离开了家乡，一路写游记，并不断将稿费寄回老家，成为了真正的旅行家。

回想到诗中，后世的一些解读者将此诗奉为“享乐主义”的经典名言，认为人生苦短，应及时行乐。小说中的黄惜时倒是及时行乐了，却落得个人财两空、一生漂泊的境地。我想，诗中深意在于珍惜，面对青春也好，爱情也好，毫无节制地放纵自我不是珍惜，享受当下拥有的一切才不负韶华。

在《死亡诗社》那部电影中，威尔顿预科学院严格得如同地狱，但基廷老师却改变了常规教学方法，鼓励孩子们用心去感知生命，勇敢接纳真实的自己，大胆发挥自己的才能和天赋。这才是拥抱少年好时光的真意呀！

在邂逅爱情时，又何尝不是如此。美好的光阴就如同枝头盛放的花朵，这世上所有的一切都不会停留在原地等着你，若是遇见喜欢的人，那就勇敢地去追求，好好地去珍惜吧！

遇　见　你　，

是　我　一　生　的
情　劫

——《赠邻女》鱼玄机

赠邻女

鱼玄机

羞日遮罗袖，愁春懒起妆。
易求无价宝，难得有情郎。
枕上潜垂泪，花间暗断肠。
自能窥宋玉[1]，何必恨王昌。

〈1〉宋玉：战国楚辞赋家，屈原弟子，著录赋16篇，颇多亡佚。

鱼玄机，作为与李冶、薛涛、刘采春并称的唐代四大才女之一，5岁能诵诗，7岁能写作，这样一个才思满腹又美貌无比的女子，却在后世备受争议、毁誉并存。相比她的诗作，更多人知晓的，是那个叫鱼玄机的风流女道士。

她的人生太传奇，关于这首《赠邻女》到底写给谁看的，后世之人意见纷呈。有人认为是情场说法，有人认为是写给李亿，有人认为是在打死婢女后说给自己听，也有人说是写给温庭筠。有传闻，在她被处斩之前说的最后一句话是："幼薇一生风流，接触男人无数，但我这辈子，唯一真正爱过的一个男人，就是温庭筠。"若此话当真，我愿意相信，这首诗是写给她内心的真爱——温庭筠的。

诗句开篇“羞日遮罗袖，愁春懒起妆”，与温庭筠那首《菩萨蛮·小山重叠金明灭》中的“懒起画蛾眉，弄妆梳洗迟”如出一辙。不是说“女为悦己者容”吗？既然见不到心上人，就算打扮得再漂亮又有什么用呢？于是，干脆就懒得梳妆打扮了。

文字虽美好，现实却寂寥。

在鱼玄机还叫鱼幼薇的时候，便与温庭筠有了一段情缘。据说，她的父亲是个落魄书生，于是从小就悉心栽培鱼幼薇。女儿倒是培养得出类拔萃，父亲却因病早逝。可怜孤儿寡母为了谋生，到妓院聚集地替人洗衣。就在那时，她认识了温庭筠。

年仅12岁的鱼幼薇，已是小有名气的女诗人。温庭筠让她赋诗一首，她随手就写下了“翠色连荒岸，烟姿入远楼。影铺秋水面，花落钓人头”，这首《赋得江边柳》让文坛颇有名气的温庭筠也为之惊叹，便收她做女弟子，两人诗词唱和，开始了这段亦师亦友的忘年交。但他万万没有想到的是，这个年轻貌美、聪慧可人的少女竟然爱上了他。

鱼幼薇第一次尝试爱情的滋味，仰慕着老师的才华，沉醉于他的温情，顾不得那么许多世俗观念，就大胆地去爱了。而温庭筠呢，虽然写过许多绮丽的词，又经常出入青楼，其人却是貌若钟馗，面容丑陋。想必，在面对鱼幼薇那份纯洁炙热的感情时，他是自惭形秽的。更何况，他们的年龄还相差30多岁。兴许，正是温庭筠在爱情面前的谨小慎微，才导致了鱼幼薇悲惨的一生。

他原以为，自己离开长安做官，彼此分离，便可断了鱼幼薇的情思，却不料她念念不忘，难解相思，写了《遥寄飞卿》不足以寄情，又写下愁情似水的《冬夜寄温飞卿》。两年后，他回到长安，师生重聚，鱼幼薇更是深陷情网不能自拔。当温庭筠不知如何退避的时候，李亿出现了。

鱼幼薇在崇真观的一首题诗，打动了这个状元郎，于是，温庭筠想方设法撮合这对青年男女，可能在他心里，鱼幼薇和李亿在一起才算得上真正的才子配佳人。哪里知道，正是他牵线的这份情缘将鱼幼薇推进了无尽深渊，从此，彻底改写了她的命运。

一架花轿抬进林亭，鱼幼薇成为了李亿的小妾。最初的生活，还是幸福甜蜜的，毕竟李亿出身名门望族，又颇具才华，他对鱼幼薇的才情与美貌也是真心喜欢。可好日子没过多久，李亿在江陵老家的原配夫人裴氏得知此事，怒气冲冲来到长安。她哪里受得了丈夫对个小妾的疼爱，每日对鱼幼薇又打又骂，最后逼迫他写了一纸休书，将新婚不久的小妾扫地出门。懦弱的李亿看着裴氏每天折磨鱼幼薇，竟连大气都不敢出，最后唯唯诺诺地把休书写了。

他将鱼幼薇送到曲江的咸宜观，说是等裴氏回老家就来接她。天真的鱼幼薇就这么在道观里等待着，一直等到李亿携妻离开长安，去扬州任职，她才知道自己的满腔真情都喂了狗。从那天起，鱼幼薇死了，取代她的是性情大变的鱼玄机。

既然这世间“易求无价宝，难得有情郎”，那就让天下所有的男子都拜倒在她的石榴裙下。她在道观外贴了张“鱼玄机诗文候教”的告示，从此，无数风流才子与富贵公子出入咸宜观，成为了鱼玄机的裙下臣。看透了这凉薄人世，她对爱情已经彻底绝望，变得性格乖张。不但与众多男子调情，也不时让人留宿偷欢，她依着自己的性子对他们呼之则来，挥之则去，道观成了她的青楼。

后来，跟随她多年的婢女绿翘与入幕之宾陈韪私通，被发现后，鱼玄机对之使用私刑，鞭打拷问。不知她是无法忍受再一次被身边的人背叛，还是气恼这女子轻易就被男人玩弄，内心里所有的愤恨都发泄在了这个婢女身上，一时理智丧失，导致绿翘身亡。不知私刑杀死婢女的传闻是否真实。事发之后，鱼玄机被带上公堂，据说，审判之人正是被她拒绝的裴澄，当年秋天，一代才女鱼玄机便被斩刑处决。那年，她仅仅26岁。

“自能窥宋玉，何必恨王昌”，也只是她在寂寞的清夜泪湿枕头后对自己的劝慰吧。不知，那天听闻噩耗后奔赴刑场的温庭筠，在听到鱼玄机的遗言时，会不会后悔自己当初的决定？她是这样一个敢爱敢恨的女子，只是谁也没想到，在经历了爱情与背叛，经历了背负一身骂名的放纵后，她心里依然有一块洁净之地存放着对温庭筠的爱。

若是他当年接受了这份爱情，给予她小半生的依恋；或者她遇见的不是温庭筠，而是一个愿意携手相伴的男子，兴许，就不会有这样的结局了。

我们无法选择遇见的人，却可以选择放下执念。在遇到爱情时，好好地去珍惜；失去爱情时，也好好地做自己。当初的深情与伤痛，最终都将成为回忆里的浮华烟云，毕竟，再美好的过往也不能取代当下的生活啊！

梦　里　梦　外

都　是　你

——《女冠子二首》韦庄

女冠子二首

韦庄

其一

四月十七，正是去年今日，别君时。

忍泪佯低面[1]，含羞半敛眉[2]。

不知魂已断，空有梦相随。

除却天边月，没人知。

其二

昨夜夜半，枕上分明梦见。语多时。

依旧桃花面，频低柳叶眉[3]。

半羞还半喜，欲去又依依[4]。

觉来知是梦，不胜悲。

〈1〉佯低面：假装着低下脸。

〈2〉敛眉：皱眉头。

〈3〉柳叶眉：如柳叶之细眉，这里以“眉”借代为“面”，亦是“低面”的意思。

〈4〉依依：恋恋不舍的样子。

俗话说："日有所思，夜有所梦。"在古代，我国的思想家就大多认为梦境是由思虑和情感造成的。比如你特别思念一个人，或是特别担忧一件事，就可能在梦中见到这个人或经历这件事。

我有个朋友，跟初恋男友分手之后七八年时间里，几乎每年，到了他们分手的那个季节就会梦见他。有时候会梦见他们久别重逢，有时候会梦见他们已经各自结婚，醒来的时候，枕上总是湿漉漉的。她说，自己也不知道怎么会这样，平时在生活中已经没有接触，大家天各一方，日子也都过得比较平静，但在梦里，还是会有种强烈的情绪在心里涌动，太真实了，好像又回到了谈恋爱的状态，让她完全无法控制自己。大概，这就是明代思想家王廷相说的：“梦，思也，缘也，感心之迹也。”

宋代词人韦庄的这两首《女冠子》，其一是追忆，时隔一年又逢离别日，想起临别时的情景，引发了此刻更加强烈的相思之情；其二是梦见，回忆与思念真真切切，化为了梦境，醒来之时，倍觉悲伤。著名学者叶嘉莹女士在讲韦庄的词时就说过，他完全是主观的直抒胸臆，在词中注入了真率、直接的情感，已经不再是歌筵酒席之间那种随便给歌女唱的没有主人公的爱情歌曲了。

你看韦庄的词中所写，“四月十七，正是去年今日，别君时。”我那个朋友还只是在分手的季节会梦见初恋男友，词中主人公连具体是哪一天都记得清清楚楚，可见他无时无刻不在思念着自己的恋人。时间过去整整一年，在这个分别的纪念日，思念之情愈加强烈。他回想起临别之时女子低眉垂眼的模样，那是强忍着在眼中打转的泪水，怕他看见会担心啊。她有千言万语想要说，却又难以启齿，亦不知该从何说起。愁肠千结生别离，两人无法见面，只有梦里相伴了。这一切的不舍与难过，这一切相思的苦楚，没有人知道。因为作别之后，剩下孤单单一个人，只能对着月亮倾诉了。

这份相思在昨天夜里化成了梦境，就像我那个朋友所说，梦中的一切都如此真实，词中主人公还记得他们说了很多的话。借用崔护那首诗中“人面桃花”的典故，他写道，“依旧桃花面，频低柳叶眉。”恋人还是像从前一样美丽，还是低眉垂眼的模样。容颜与神态都是如此生动，她那充满喜悦又娇羞的样子，温柔撩人，让他感到无比甜蜜幸福，真希望时间能停留在这一刻，不舍得离去。可是，那些互诉衷肠的情话，爱意绵绵的美好，原来都是梦一场。当他醒来落入现实，发觉还是凄凉一人，不禁悲从心来，痛彻心扉。

韦庄写过很多深情柔婉的词，字字句句直抵人心，就像他最爱的江南风景，不必浓妆艳抹那般矫揉造作，自然就出落得清婉动人。我们无从得知，他是否在江南遇见过一个让他魂牵梦绕的女子，但可以从他的词中感受到一种恋爱过才有的惆怅之情。

回顾年少时，我们又何尝没有经历过这样的相思苦。无论是恋爱时的暂别离，还是分手后的情未尽，总会让我们不断想起恋人的一颦一笑，他的每一个表情神态，每一个举止动作，甚至是每次见面的画面细节和他的穿着打扮，都在脑海中留下了深深的烙印。我们会一遍又一遍地回想曾经在一起恩爱缠绵的情景，似乎连回忆都可以带给人些许温暖，可是思念越深，回到现实的境地就越发让人感伤。

词作之中对于梦境的描写，让我想起汤显祖的传世名作《牡丹亭》，讲的是杜丽娘和柳梦梅在梦中相见，相思至死，死后还魂的传奇爱情故事。

故事发生在宋朝，杜丽娘是南安府太守杜宝的宝贝女儿，相当于今天的市长千金。作为大家闺秀，不但要有精巧的女红，还得会诗文，于是太守大人给她请了个私教，从《诗经》学起。哪知，开篇的《关雎》就让杜丽娘动了怀春之心。

有天，杜丽娘被书中爱情惹得哀叹连连，丫鬟春香看见了，悄悄告诉小姐家里有个很漂亮的后花园，不如去转转。杜丽娘囿于封建礼教，不敢随便出门，春香倒是机灵，看出小姐内心所想，赶紧告诉她老爷出差去了。于是，杜丽娘就在一个阳光明媚的日子里，穿得漂漂亮亮的，到后花园去玩。长居闺中的小姐，一出门就惊呆了，忍不住惊叹“良辰美景奈何天，赏心乐事谁家院”，自己居然不知道，家中竟有如此美景啊！

这花园里啊，是姹紫嫣红开遍。小姐呢，又是美貌如花。游着玩着，她忽然就伤感起来。诗中的那些爱情故事浮现在脑海中，让她感怀悲己，如今已是豆蔻年华，还从未经历过诗中的悱恻缠绵，可惜眼前春色撩人，自己却还是孤单单一人。想着想着就忍不住哭起来，哭累后，不知不觉睡了过去。

忽然，她看见一个俊朗少年手持柳枝走过来，让她为柳枝作首诗。杜丽娘又羞又惊，怎么来了个陌生男子？少年倒是直接，说：“姑娘你这么漂亮，真是让我喜欢啊！不如我们去那边看看？”一番赤裸裸的言语调戏后，杜丽娘半推半就地被这少年抱到了假山后的牡丹亭，两人一番爱意缠绵、翻云覆雨。事后，少年让她好好休息，她还没来得及挽留，那边喊着“杜老夫人”来了，她才梦醒。

原来，是花园里的花神不忍见她伤怀，便将她的未来夫婿柳梦梅送入梦中，成全她的思春之情。哪知，从这之后，杜丽娘就害了相思病，脑海中满是那个俊朗少年的身影，仿佛春梦里的温存尚在。只见自己的容颜日益憔悴，为挽留住绝色美貌，杜丽娘给自己画了张像，还题诗一首“近睹分明似俨然，远观自在若飞仙。他年得傍蟾宫客，不在梅边在柳边”。后来，杜丽娘竟相思而亡。

但故事还没完。太守大人心疼女儿，举家临行赴任前，将之埋葬在后花园的梅树下，还给她建了个梅花庵观，让道姑看守。3年后，柳梦梅进京赶考，路过此地时感染了风寒，便借住在梅花庵观歇息。病愈时，他百无聊赖到后花园游玩，结果捡到了杜丽娘的自画像。这画中女子真是貌若天仙，让柳梦梅一见钟情。那厢，杜丽娘在地府接受判官审问，结果发现她阳寿未尽，还有与新科状元柳梦梅成亲的事没完成，于是把她放回人间。

她的游魂回到家，却找不到家人，倒是看见了那个梦中少年。柳梦梅呢，一看画中女子真的出现了，不管她是人是鬼，就谈起了恋爱。两人过了一段浓情蜜意的夫妻生活，直至确定他情深不能自拔，杜丽娘才开口说出真相，让他发誓会明媒正娶自己，并请他帮忙掘坟开棺。于是，半信半疑的柳梦梅找到道姑，请她一起前往后花园把杜丽娘的坟掘开，果然，杜丽娘复活如初。

再后面的故事不说也罢，总之他们俩有了大团圆的美好结局。生者为情而死，死者因情复生，这就是汤显祖说的“至情至性”啊！

我们身边的爱情，自然是没有传奇故事中这般离奇动人，但回顾韦庄的词，却是感同身受。那种别离之苦，相思之痛，经历过爱情的人都有着似曾相识的感受吧！哪怕已经相隔千年，依然能真切体会到词中流动的情感。爱情之美好，不就在于这份经久不衰的感动吗？

离愁别绪，

亦是爱情的
一种美好

——《雨霖铃·寒蝉凄切》柳永

雨霖铃·寒蝉凄切

柳永

寒蝉凄切，对长亭晚，骤雨初歇。都门帐饮[1]无绪，留恋处，兰舟[2]催发。执手相看泪眼，竟无语凝噎。念去去，千里烟波，暮霭沉沉楚天阔。

多情自古伤离别，更那堪，冷落清秋节！今宵酒醒何处？杨柳岸，晓风残月。此去经年[3]，应是良辰好景虚设。便纵有千种风情[4]，更与何人说？

〈1〉帐饮：与郊外搭起帐篷，摆宴送行。
〈2〉兰舟：在古诗词中，常用兰舟极言舟之华贵。
〈3〉经年：年复一年。
〈4〉风情：情意。男女相爱之情，深情蜜意。

据记载，“雨霖铃”这个词牌名的由来，源于唐玄宗对杨玉环的悼念。

那时候，安禄山率领叛军攻陷长安，帝王将相仓皇逃离的途中，唐玄宗被将士所迫，在马嵬坡下缢死了杨玉环。进入斜谷后，霖雨淅淅沥沥下了十来天。行走在烟雨蒙蒙的栈道，唐玄宗忽然听见幽幽铃音传来，在山间回荡，此情此景，让他不禁想起被赐死的杨玉环，心中悲痛万分。于是，他令身边仅剩的梨园弟子张野狐采这雨中铃声作曲，以寄托对杨贵妃的哀思。

等到叛变平息，重返长安后，他再次来到华清宫，却已物是人非。他不由得想起当年逃亡在外的悲凉，令张野狐再次演奏《雨霖铃·寒蝉凄切》，还未演奏到一半，他环顾四周，内心的凄楚油然而生，不知不觉已是泪流满面。后来，此曲成为了唐朝教坊曲，传于法部。

到宋朝，柳永的《乐章集》中再次出现了这首《雨霖铃·寒蝉凄切》，词中写尽离愁别绪，被誉为千古名篇。这首词在当时已是广为流传的“宋金十大曲”之一，对后世影响极大。

柳永这一生仕途坎坷，但在词界却是一个传奇。他的词流行到什么程度呢？有记载云：“凡有井水饮处，皆能歌柳词。”有井水处便有人家，看来他的词已是家喻户晓。即便他在民间有着如此耀眼的偶像光环，却被当时的一些文人雅士所不齿，认为他写的都是些不入流的市井之作。

这个婉约派的词人代表也的确是个风流人物。他的政治生涯相当不顺，也就渐渐浇灭了“学而优则仕”的理想，长期流连于灯红酒绿之地，靠给名妓填词为生。他虽有才华，却敌不过现实的无情，连个栖身之所都没有。后来，他在烟花柳巷中找到了寄托。一生之中给歌女写了大量词作，据说，他与江南名妓谢玉英那段恋情尤其感人。

与谢玉英的初次相遇，是在他第一次下江南的时候。当时，她已经是青楼中艺压群芳的女子，名声在外。巧的是，她尤其喜欢柳永的词，还用小楷抄录了一本“柳七新词”。

两人一见倾心，临别时，柳永许下承诺，而谢玉英也闭门谢客，等待着他归来。这个桥段，感觉跟秦少游和长沙义倡的相遇非常类似，真假已无从考证。

古代的艺伎大多重情重义，相比有钱的浪荡公子哥，有才华的文人雅士更容易赢得她们的青睐，因此，历史上流传着许多文人墨客与名妓之间的爱情故事。像柳永这样，不但有才，还愿意为她们这种身份的人填词作曲，以平等的姿态对她们表示尊重，更是让宋朝的歌伎舞女们倾心相待。就算他同时爱着好几个，她们也只会觉得他多情又真诚，比那些道貌岸然的伪君子好得多。

当时，在妓院里流传着一首打油诗："不愿穿绫罗，愿依柳七哥;不愿君王召，愿得柳七叫;不愿千黄金，愿中柳七心;不愿神仙见，愿识柳七面。"看起来，柳永简直就是我们现在说的"国民老公""大众情人"。

据说，在京城就有陈师师、赵香香、徐冬冬三大名妓围着他转，后来，谢玉英也到京城找他。他一生没有子嗣，终老去世之时，还是这些名妓筹钱将之安葬，为他披麻戴孝。谢玉英更是悲伤不能自已，两个月后也去世身亡，被埋葬在柳永墓边。

兴许正是因为柳永与这些女子在一起度过了漫长的岁月，才更能体会她们的所思所想，诉诸笔端，便形成了饱含深情的慢长调。《雨霖铃·寒蝉凄切》这首词，写的是秋后傍晚，长亭江边，与恋人分别的场景。

柳永非常善于寓情于景，在讲述之前，对于景色的描写已经将读者带入忧伤的情绪。这是一个秋天的傍晚，寒蝉将死，叫声听起来是那么凄凉悲切。郊外长亭旁，急促的大雨刚刚停下来，整个世界忽然陷入无边寂静。雨停意味着要出发了，在都门设帐送别的人，喝着闷酒，尽管毫无心情畅饮，却还是一杯接一杯，希望离别能缓慢些到来，恋人之间的不舍尽在这无言的酒中，可那边船夫却催着要启程了。不得不面对分别的时刻，这对恋人泪眼婆娑，紧紧握着对方的手，却一句话也说不出来，只有强忍着心里的酸楚，将泪水咽下。至此一别，不知道什么时候才能再相见。辽阔的水域千里烟波，此去楚地，隔着暮色之中的浓浓雾霭，是想见也见不到了。

现代的交通与通信工具，拉近了地理上的距离，短暂的出差和旅行成为家常便饭，不再有这么多离别的愁思。但在古代，出趟远门就可能再也联系不上故人。所以他说，“多情自古伤离别”，相爱的人在面对分别时，有多少伤感和悲痛，却不知该如何说起，更何况，是在这秋季的萧瑟清冷之时。他随着船在水面漂荡，不知道酒醒的时候会在哪里？可能已经到了江南的杨柳堤岸，却只剩他独自一人面对那清晨的冷风和天空的残月了。这一走，不知道要多少年，此后，哪怕再美的风景，再美的时光，但恋人不在身边，对于他，也是形同虚设罢了。孤孤单单一个人，就算有千般柔情万般蜜语，又能对谁倾诉呢?

整首词读完，意犹未尽。时间匆匆而逝，在过去，我们常常不知道该怎么面对生命的无常和分离，只是想到今后不能与相爱的人朝夕相处，心就不由得变得沉重。在我们的生命之中，需要有那样一个人，可以一起分享彼此的喜悦，也一起分担彼此的痛苦。另一半的含义，不就是要两个人合在一起才能完整吗？可是，我们又常常避免不了分离。

而如今，爱情好像来得更为容易一些，放下一段感情也不再那么艰难。在互联网时代，社交可以通过各式各样的工具，倾诉也有了各式各样的途径。感情从一个人转移到另一个人身上，似乎也并不需要耗费太多的力气。于是，我们对爱情的尊重越来越匮乏。

殊不知，在深爱一个人的时候，即便分离如此地悲伤，浓浓的思念无法化解，这些愁思，却也正是爱情的一种美好啊!

所　谓　爱　情　，

不　过　是
梦　一　场

——《临江仙·梦后楼台高锁》晏几道

临江仙·梦后楼台高锁

晏几道

梦后楼台高锁，酒醒帘幕低垂。去年春恨却来时。落花人独立，微雨燕双飞。

记得小蘋[1]初见，两重心字罗衣[2]。琵琶弦上说相思。当时明月在，曾照彩云[3]归。

〈1〉小蘋：歌伎的名字。

〈2〉心字罗衣：用一种心字香熏过的罗衣。这里含有深情蜜意的双关意思。

〈3〉彩云：比喻美人。

这个少年，曾是名副其实的官二代。47岁的宰相晏殊老来得子，作为家里最小的儿子，晏几道备受宠爱，过着锦衣玉食的生活，乐享奢华与逍遥。他继承了父亲的文学造诣，自小敏感聪慧，7岁能文，14岁就在科举考试中拿下了进士。

照理说，生于富贵家庭，又满腹才华，晏几道的人生路应该是顺顺当当，平步青云。可惜呀，他却偏偏是个情痴，压根没有什么仕途抱负，平生最爱的大概就是纵情诗酒和做着绮丽的爱情梦了！

晏殊本就是个风流才子，时常流转于莺歌燕舞之间。不知道是不是遗传，晏几道也爱极了这样的宴会。大概是没法在自己家放纵玩耍，他常常跑到朋友家中去做客，酒杯交错间，听歌女演唱自己写的词，让他有种身处梦中的朦胧快乐。

文人与歌女，自古多是唱和之情，逢场作戏的占大多数，人生几何，不过是彼此把酒言欢。可是呢，晏几道却太容易动真心。唱罢，饮罢，别人都回到自己的生活里了，他还沉浸在梦中，反复咀嚼着宴会中的一颦一笑，任由思念发酵膨胀，梦醒之时，只能自己面对眼前的孤凄悲凉。

这首《临江仙·梦后楼台高锁》写的就是晏几道回忆起与歌女小蘋初见时的情景。"梦后楼台高锁，酒醒帘幕低垂"，开篇一句，就让人陷入凄凉的境地。梦醒之时，看见的是落锁的楼台，酒醒之后，面对着垂下的帷幕。欢歌笑语就像昨夜的风，将繁华与暧昧一同吹散，冰凉的朝露与铁锁横在眼前，梦中的温情被埋葬在这厚重的帘幕背面，无法再触及。

临川县志里记载了一个晏几道与小蘋的故事版本，小蘋在这里的身份是知府千金，无从考证真伪，也许是为了让他们门当户对。十四五岁的少男少女在知府宴会上相见，小蘋一曲琵琶弹得行云流水，晏几道一下子就被这个漂亮又有才的女孩子吸引了，从此经常去找她玩。玩着玩着，就产生了感情，但年少羞涩没有说破。

等到晏殊期满回京之时，这对有情人也分别了。回去之后，虽然书信往来，但晏几道的思念越来越强烈，梦见小蘋之后，他忍不住向父亲提出要回去看小蘋，晏殊却欲语还休，似有隐情。这让敏感的晏几道思而不解，一病多年。直到他好转之后，父亲终于同意他回临川。

怀着兴奋的心情回到故地，却不料早已物是人非。小蘋的父亲被诬陷后发配岭南，因不堪路上的虐待绝食而死。而小蘋，据说卖身葬父后沦落为妓，不知去向。这样的消息无异于晴天霹雳，晏几道悲痛难抑，请新任知府允许他探访金园，在曾经与小蘋初见的地方，他百感交集，写下了这首千古伤情之作《临江仙 · 梦后楼台高锁》。

相比这个版本的故事，小蘋身份为歌女更有说服力。《小山词跋》中说道："始时，沈十二廉叔、陈十君宠家，有莲、鸿、蘋、云，品清讴娱客。每得一解，即以草授诸儿。吾三人持酒听之，为一笑乐。"莲、鸿、蘋、云正是歌女的名字。

说起来，晏几道真的是个另类。自古多是公子哥游荡在花丛中对女子始乱终弃的故事，不曾想，像他这样的金鞍美少年，却总是一不留神就爱上出生贫贱的歌女，还一往情深，不能自拔。

在他的258首《小山词》中，出现最多的字就是"梦"，其次是酒、醉、春、柳，每一个字眼，都在传递着风花雪月的浪漫与忧伤。诗酒快意人生，梦里春花秋月，大概可以用来形容他的内心。

这个少年的爱情观，似乎是只要我爱。见到她，喜欢她，就爱了，根本不管对方是否也爱自己，已经一头扎进爱情长河中，做着属于自己的梦。

“去年春恨却来时，落花人独立，微雨燕双飞。”这是一种怎样的满腹愁思啊！自从去年一见钟情，转眼又是冬去春来。柔弱的花瓣片片落下，只有他一人独自伫立在原地，斜风细雨之间寒意浸骨，你看，燕子依旧成双成对在天空中飞翔，相伴身旁的人却已不知去向。

这种如梦幻泡影般的恋情，常常出现在晏几道的小令中。他做过许许多多的梦，梦里有欢笑歌舞，也有残破秋风，不停地恋爱失恋循环反复，却一直也没有让他失去爱的能力与热情。

有时觉得感情真是个让人捉摸不透的东西，单纯可爱的女子可能遇见的是道貌岸然的伪君子，执着深情的晏几道却总在和逢场作戏的歌女打交道。在他的故事中，似乎爱情的结局已经不那么重要，令我瞩目的，是他那份永远都不会消失殆尽的爱之余味。

“人生若只如初见，何事秋风悲画扇”，纳兰性德词中所言，恰恰是晏几道心中所想。“记得小蘋初见，两重心字罗衣”，尽管已经人去楼空，当时的画面却还清晰地留在脑海里，音容笑貌，衣着举止，都似乎还在眼前。小蘋的衣裙像轻纱一般柔软，举手投足间随风飘动，那衣襟上绣着的双心花纹，不正是他们的心心相印吗？“琵琶弦上说相思”，那琴声如诉，在他听来，是一段藏在音乐中的思念之情。这位公子哥在软香酒醉时，陷入了爱情的幻想，仿佛那娇媚的眼神与婀娜的身段都是为自己而呈现，却不承想，一切都是自己做了一场关于爱情的梦罢了。

说到底，这都只是对当时的回忆。“当时明月在，曾照彩云归”，不知作者是不是一直在紧锁的楼台前站到夜幕降临，皓月依然当空照，小蘋离去的身影在月光的映照下如同一朵多姿的彩云飘然而去，如今，这身影也成为了月光下的幻影。

晏几道的人生在父亲晏殊逝世后被切成两半，树倒猢狲散，他从奢华无忧的贵族子弟变成了贫困交加，连生活都难以自足的落魄才子。曾经的繁华岁月，都成为了一个梦。孤傲倔强的晏几道不喜欢上层社会的虚伪与斗争，他宁愿沉浸在自己的梦里追忆与思念。

就像他那首《长相思·长相思》中所言：“长相思，长相思。若问相思甚了期，除非相见时。长相思，长相思。欲把相思说似谁，浅情人不知。”

梦就是他的伊甸园，“小蘋微笑尽妖娆，浅注轻匀长淡净”，在这样浓烈的想念与深情中，他得到了属于自己的快乐与虚构的完满。可在千百年后的我们看来，却不免有些悲伤的意味。

在爱情里做着自己的梦，就像我的朋友小淘。

她曾经遇到过一个腼腆的男孩子，他们因为工作结识，第一次见面，男孩笨手笨脚地给她削橙子，一副又羞涩又紧张的模样。那个男孩充满梦想，说要建立自己的快乐王国，让每一个在那里工作和生活的人都很自由快乐。小淘一听就着迷了，那就是她想要的世界呀！

从那天起，小淘每天都在等着他的消息，凌晨两三点还不睡。他们会一起在深夜去找好吃的东西，会一起走很长很长的路。男孩说，听小淘说话就像在听有声小说。她开心地笑着，以为这就是爱情。

在那些日子里，小淘沉醉在自己的幻想中，开始构建自己的天空之城。在梦的花园中，她拉着他的手开始了自由自在的环球旅行。

然而，工作上的合作没有如期展开，那个男孩在某一天忽然就离开了，去到别的城市，切断了所有联系方式。可是小淘依然还在原地，走着他们一起走过的路，想着曾经拥有的欢笑，吃着一起吃过的热气腾腾的食物。

我们不止一次劝过小淘，但她总是笑着说，要在内心里留着那块空间，因为，与那个男孩的相处给了她完美爱情的模样。那是她最自在的日子，不断回忆，就不会在漫长的岁月中丢失掉自己。

晏几道一厢情愿地爱过不少女子，却没有得到一个对等的回应，兴许，对于他而言，也像小淘一样，只是为了记住真实的自己是什么模样。这样的爱，在如今的我们看来，多少有些卑微与哀伤，但他的词作中尽管伤感，却始终不失格调与气场。

他太真实了，爱得真实，才能有这样的至情至性。他细细品味着回忆里的每一帧画面，品味着自己的爱情。在人生历尽千帆后，浮华都成空，唯有梦，才是他真实拥有并将一直拥有的。

可是，在爱情里，终究是两个人相爱才能地老天荒。

日夜思君，

终不如
朝朝暮暮

——《卜算子·我住长江头》李之仪

卜算子 · 我住长江头

李之仪

我住长江头，君住长江尾。日日思君不见君，共饮长江水。

此水几时休，此恨何时已。只愿君心似我心，定不负相思意。

读这首词，会不自觉地怀念起“从前慢”的生活。那时候，车马很慢，信件很慢，日子也过得不疾不徐。缓慢流逝的时间，遥远的空间距离，让离别的忧伤成为文人墨客笔下那抹浪漫的色彩。李之仪的《卜算子·我住长江头》类似乐府民歌，语言直白，复沓回环，看似平常地说着说着，思念的深情便已跃然纸上。

整首词就像是“我”对“君”说的一席话，或者说，更像是“我”对着滚滚长江水的一段独白，顾自低头，喃喃自语地说着：“我住长江头，君住长江尾。”一开篇便绘制出广阔的空间地图，纵然无法相见，思念却在时间中发酵，变得愈发强烈。

《乐府诗集》中的《上邪》有云：“上邪！我欲与君相知，长命无绝衰。山无棱，江水为竭，冬雷震震，夏雨雪，天地合，乃敢与君绝！”这份相知相惜、忠贞不渝的感情与思念，要到自然规律都不再成立的那天，才可能消亡。“我”对“君”的思念，亦是从分别之日起就没有停止过。

这浩浩荡荡远去的江水阻隔着我们，却又维系着我们。鸿雁传书需要漫长的等待，就算是最快的汗血宝马一天也跑不了千里，当心爱的人不在身边，满满一腔思念无处存放，只好寄情于眼前或手边的一切。滚滚流逝的长江水，正如“我”对“君”的深情与思念。人可一日无谷，不可一日无水。“日日思君不见君，共饮长江水”，仿佛空间上的距离一下子就被拉近了，无法相见的两个人也有了每天不分离的亲近感。可是，毕竟还是相隔两地，那悠悠流动的江水与人们的离愁别绪都是这样绵长无尽。

异地恋是孤独的。无法相见的岁月里，在夜晚抬头看看月亮，在白昼感受阳光穿过树叶的色彩，倾听风的声音，自然中的一切都成为了情感的维系。

现如今，6000公里的距离，坐飞机只需要几个小时便能到达。哪怕远隔重洋，想念对方了，也可以拿出手机拨几个数字就听到对方的声音，甚至还有网络视频，打开就能看到对方的样子。这是古代的恋人做梦也不敢想的事，他们只能在漫长的时间里等待着一封书信，才能知晓对方的境况。尽管通信与交通已经如此发达，现在的人们对于异地恋还是忧心忡忡。毕竟，真实地陪伴在身边才能让人感到心安。

就像江美琪唱的那首歌："电话再甜美，传真再安慰，也不足以应付不能拥抱你的遥远，我的亲爱的你怎么不在我身边，一个人过一天像过一年。"分隔两地的恋人，即便可以通电话，可以发视频，却远远不如一个拥抱、一个亲吻更让心温暖。

走在路上，看见别人牵手依偎的身影；遇到委屈，可以倾诉和撒娇的人却不在身边；心情好做了顿美食，却无法跟心爱的人分享……这种凄然，是任何寄予思念的物品都无法填补的。不禁想起曾经看到的那句话：一万句电话里的"我爱你"，都比不上一句"我在楼下等你"。

德雷克·多雷穆斯导演的电影《爱疯了》讲述的便是一段与异地恋有关的爱情故事。英国留学生安娜和美国小伙雅各布就读于同一所大学，校园恋情是纯粹美好的，如同所有热恋中的情侣一样，他们爱着对方所爱，她为他写情诗，他为她设计专属的椅子。那时候，他们爱得热烈又疯狂，仿佛全世界的空气都带着甜蜜的气息。

美好的时间总是过得特别快，所有校园恋情都躲不过"毕业"这个刽子手。安娜原本打算在暑假回英国，办好工作签证再回美国，但热恋中的情侣一日不见，如隔三秋，怎堪忍受漫长的暑假。她不管不顾地留了下来，与雅各布共度暑假甜蜜时光，却因此违反签证滞留协议，被告知无法在规定时间内再次进入美国。悲催的异地恋拉开了帷幕。

毕业之后，两人在各自的国家开始了新生活，有了新社交。说好的每天联系，却因为时差和工作节奏而被打乱。常常是这边满心欢喜拨通电话，那边不是忙音就是无人接听，长此以往，解释也不再重要了，原本的温情软语变成彼此埋怨。渐渐地，两人从舍不得挂电话到无话可说，联系越来越少。

直到有一天，雅各布在酒吧听友人谈起爱情，忽然很想与安娜通话。大概是在电话的寒暄中忽然记起曾经相爱时的模样，安娜哭泣着无法入眠，回拨电话对雅各布说："我想你，你能来见我吗？"于是，雅各布带着他为安娜做的椅子到了英国。

然而，久别重逢的美好却并没有延续多久。

这次分开后，两人在各自的国家有了自己的情人。90分钟的剧情还在延续，而我们看到的，是距离和时间如何一步步杀死爱情。当两人终于走上婚姻的殿堂，成为名正言顺的夫妻，却已是各怀心事。影片末尾，两人在浴室里赤裸着彼此拥抱，却发现曾经最爱的人已经如此陌生。

据说，这部影片的故事正是导演与前妻的爱情往事。

真实的爱情，应该是活生生的、有温度的。当距离阻隔在爱情之间，很容易生出各式各样的难题。异地恋太煎熬，似乎很容易就可以放弃，却要很努力才能坚持。

有人说，恋人不在身边时，只要一直想着他，便能让他心生温暖，不再感到孤单。纵然暂时不能相见，但只要两人同心，便不会辜负这份感情。可是，又有多少人可以独自迎着冷风熬过漫漫长夜，哪怕需要左手握着右手给自己取暖，哪怕遇到困难和挫折只能自己偷偷抹去眼泪?

前不久，头条新闻里报道了一个故事：一对澳大利亚夫妇发现一个漂流瓶，里面装着一封海员写给未婚妻的中文情书。他说："刚订婚不久就出海了，心里感觉很对不起她……希望回去以后，能跟晨静和和美美，长长久久。"这封信被发布后，感动无数网友。但故事的结局却并不美满，女方已经与他人结婚。

一个人其实不孤单，想一个人才孤单。异地恋最害怕的，不是承受孤单和思念，而是害怕在时间流逝中，对方没有让感情坚持下去。"只愿君心似我心，定不负相思意。"

回到这首词，作者以长江之水贯穿，悠悠相思，深切的爱意，都在看似平常的语句里展现在读者面前。那时候，日子过得很慢，慢到有足够的时间去思念一个人，遥远的距离如同催化剂，使思念的深情不断发酵、膨胀，直到溢于言表。这惦念，也因此有了温柔的诗意。

据说，这首词背后有一段黄昏恋的故事。在李之仪被贬期间，他已垂垂老矣，不料祸不单行，短短三年之内，儿女与妻子都相继去世，自己也被病痛折磨。事业遭遇挫折，家人也阴阳相隔，孑然一身的李之仪陷入悲惨的人生境地。某天，江风徐徐，忽然一阵琴声飘至耳畔，李之仪被琴声打动，循声而去，偶遇了正在弹奏古曲《履霜操》的杨姝。

杨姝是当地有名的歌伎，天生丽质，聪慧过人，据说13岁时琴技就非常了得，且个性鲜明，勇敢正直。著名词人黄庭坚被贬至太平州那年，杨姝就为他的遭遇抱不平而弹奏一曲《履霜操》，她的琴声令黄庭坚感动不已，悲从心来，为之写下："一弄醒心弦，情在两山斜叠。弹到古人愁处，有真珠承睫。"

李之仪听到杨姝的琴声时，大概也有着"一弄醒心弦"的感触，由古曲描述的故事想到当年的黄庭坚，再想到自己，心中痛被触及，于是就着《好事近》的韵脚写下：

"相见两无言，愁恨又还千叠。别有恼人深处，在懵腾双睫。七弦虽妙不须弹，惟愿醉香颊。只愁近来情绪，似风前秋叶。"

杨姝的琴技之妙可以动人心弦，将无处诉说的内心哀伤化作指尖旋律，李之仪对她一见倾心，一曲听罢，又提笔写下《清平乐·听杨姝琴》：

“殷勤仙友，劝我千年酒。一曲履霜谁与奏？邂逅麻姑妙手。坐来休叹尘劳，相逢难似今朝。不待亲移玉指，自然痒处都消。”

此后，李之仪将杨姝视为难得的红颜知音，常常去听她弹唱，并写下多首诗词表达对她造诣深厚的琴技的欣赏。杨姝做了新曲，他便为之填词，双方在来往中互相钦慕，最终成就了这场忘年恋。

爱情是一剂最好的灵丹妙药，遇见杨姝，使得李之仪的晚年生活重归闲情诗意。他们放怀诗酒，形影相随，面对恋人的柔情似水与悉心照顾，晚年的李之仪感叹道：“道骨仙风云外侣，烟鬟雾鬓月边人。何妨沈醉到黄昏。”

无限情思激起李之仪的创作灵感，他为杨姝写下很多表达爱情的诗词歌赋，《卜算子 · 我住长江头》亦是他看见川流不息的长江之水，感念至此，一气呵成的肺腑之声，最终成为流传千年的爱情绝唱。

诗中情意绵绵、坚定不移，只可惜我身边大多数的异地恋，最后都没能经得住时间的考验，只剩下蓦然回首时的一声唏嘘。

离 开
不 是 生 命 的
终 点 ，

遗 忘 才 是

——《鹧鸪天·重过阊门万事非》贺铸

鹧鸪天·重过阊门万事非

贺铸

重过阊门[1]万事非，同来何事不同归？梧桐半死清霜后[2]，头白鸳鸯失伴飞。

原上草，露初晞[3]。旧栖新垅两依依。空床卧听南窗雨，谁复挑灯夜补衣。

<1>阊（chāng）门：苏州城西门，此处代指苏州。
<2>梧桐半死：这里用来比拟丧偶之痛。清霜后：秋天，此指年老。
<3>晞（xī）：干。

这个贺铸很有意思，据说长得是奇丑无比，眉毛像两把斧子一样又粗又浓，脸还是青黑色的，光是想想，都觉得凶恶吓人。果然，他就有一个外号叫“贺鬼头”！

长得这么难看，给人第一印象就不好了，他还不会圆滑处世，说得好听是豪爽，说得不好听就是个直肠子，也不管对方是什么身份地位，觉得不对就直接给人怼回去。他的性格，颇有些侠客与狂士的姿态。

说起来，他祖上是唐代大诗人贺知章，又是宋太祖贺皇后的祖孙，的确是名门之后，虽然到他父亲这代已经家道中落，但只要安安分分的，要谋个一官半职过日子还是易如反掌的。可惜啊，他却偏偏喜欢议论时事，还常常因此跟权贵产生口角，结果就是，他一辈子都没有在仕途上混出什么名堂，晚年干脆退隐到苏州。

就这么个外形粗犷的爷们，却超级爱读书，而且博闻强识。读书破万卷，下笔如有神。我们常说，文如其人。他的文风也是非常有性格，豪迈的，柔情的，各种风格都能信手拈来。可谓是心有猛虎，细嗅蔷薇。

虽然长得丑，但他凭着自身的才华打动了宗室济国公赵克彰，成功娶到了宗室名门之女赵氏。

都说男才女貌，男人有才和女人长得漂亮都是非常重要的。赵氏并没有觉得自己是下嫁给他，婚后既不嫌他丑，也不嫌他事业无成，每天相夫教子，两人是伉俪情深。

别看贺铸外表如斯，对待妻子却是温柔缱绻，还常常在自己的诗词作品中晒妻，书写下婚后的甜蜜生活，一把狗粮撒到了千年之后。

赵氏也的确是难能可贵的贤妻良母，通过贺铸的词作便可见一斑。比如她会在夏天的时候就抽空缝补冬天的衣服，未雨绸缪，怕等到寒冬来临时丈夫不能立马穿上暖和的衣服。爱情怎能不沾人间烟火，婚后的深情不正是在这些平淡生活中的细节处吗？

坎坷仕途中，因为有妻子的陪伴与照顾，贺铸感到很幸福。只可惜，在他年近50岁的时候，赵氏在苏州溘然长逝。

重回苏州旧地时，他想起同甘共苦的妻子，悲痛不已，写下了这首悼亡词《鹧鸪天·重过阊门万事非》。

“重过阊门万事非，同来何事不同归？”再次来到苏州，一切都与原来不一样了。其实风景没变，城市也没变，不同的只是身边少了那个温柔陪伴的人。他忍不住向上天发问，为什么当初与我同来的妻子此时却不能与我同归？这一声呼喊，是满心无处诉说的悲愁与痛。

“梧桐半死清霜后，头白鸳鸯失伴飞。”失去妻子之后，自己就像是打了霜之后半死不活的梧桐，据说那梧桐若是用来制琴，音色可令天下都悲伤。彼此相爱的时候，是“在天愿作比翼鸟，在地愿为连理枝”。可如今，连理枝一枝亡故，一枝尚在，白头鸳鸯也失去了伴侣，只能孤单落寞地飞行。

“原上草，露初晞。”人生短暂，譬如朝露。“我”徘徊在旧日与你同住的房间，走在你的坟头，内心里是无限的依恋与不舍。如今，只能躺在空空的床上，听着雨滴敲打窗户的声音，孤独与凄凉席卷而来。辗转难眠中，想起两人共同生活的场景，可是你已经不在人世，以后又有谁会再在深夜替我挑灯缝衣呢?

灯火摇曳间，是妻子对他关怀备至的温馨画面，现实之中，却已是孤独地活在世间。这份深情，只能留在心底，成为永久的怀念。

不禁想起杨绛写的《我们仨》。书中呈现了一个家庭平淡却又温暖的日子，那是爱与回忆，痛与艰难，是一家三口聚散离合的相依，以及留下之人对共同经历的岁月的咀嚼。

钱钟书与杨绛的爱情，就是我心目中最美好的爱情模样。古往今来，多少人因为求不得而悔恨，又因唾手可得而嫌恶。爱恨情仇，分分合合，将彼此的感情都折磨到面目全非。殊不知，真正的深情只是在岁月中的携手与共，在知道对方所有的缺点之后依然爱他如初。

他们两人有着共同的志趣，都极其喜爱阅读。一个是博览群书，过目不忘，活成一本百科全书的男人；一个是不阅读就感觉荒废了时光，整个人都不好受的女人。

这样的两个人，在对待爱情的态度上，也是分明得很。爱就是爱，不爱就是不爱，认定了一个人之后，就会愿意为他改变自己，无论何时，让自己成为他最需要的人。

在学术界几乎无敌的钱钟书，却是生活上的白痴，经常出些小乱子，像个手足无措的孩子。刚刚好，她就是那个允许他在自己面前做个孩子的女人，从只知阳春白雪的名门闺秀，摇身变成了能干的家庭主妇，上得厅堂，下得厨房，连婆婆都赞不绝口，说儿子傻人有傻福娶到这样一个雌雄同体的完美妻子。

在闲适的时间里，他们一起阅读，一起喝茶，既有人陪伴，又可以各自徜徉在自己的世界里，从书中抽身而出时，还有可以随时分享谈论的人，这是多么美好的事情啊！

生活中细碎微小的幸福，都被两人悉心收集起来。在分离的8年时间里，这就是足以滋养感情的肥料。

当钱钟书提出来想要写长篇小说时，杨绛全力支持，一个人担起整个家庭的重担，还不时鼓励他，为他创造最有利的写作条件。相爱的两个人，应该是并肩同行的伙伴，永远不会是互相竞争的对手。才华横溢的杨绛默默承受着生命的重量，不卑不亢，温柔坚定。

也难怪钱钟书对她的评价是：“绝无仅有地结合了各不相容的三者：妻子、情人、朋友。”这该是令所有人向往的爱情的样子吧！

他们的一生都保持着一颗赤子之心，功名利禄如同过眼云烟，最令他们快乐的便是像个孩子一样，做自己喜欢的事情，与自己喜欢的人在一起度过余生。

这样的幸福，在越来越长的岁月里，变成了习惯。当一起嬉闹，一起走过人生风雨的另一半忽然不在了，那种痛楚是旁人无法理解的。

对于杨绛，我充满了钦佩。钦佩的不只是她的才华，她对待爱情和家庭的样子，更是她将至亲的家人一个个送离之后，依然保持着内心的坚定与从容，温婉地做着自己喜欢的事情，以自己独有的方式怀念着深爱了很多很多年的人。

就算是有着剑客侠情的贺铸，还会向天大声呼喊“同来何事不同归”，杨绛却只是默默地许下心愿，希望自己能够比丈夫多活一年，好细心照顾完他的整个人生。

写至此处，已是凌晨3点，我却依旧沉浸在这份爱情中无法入睡。如今，在身边几乎看不到这样长情的爱，能够始终保持着自己的纯真，不被外面繁华的世界侵扰，永远活在当下。然而，这不正是我们心中所期望的样子吗？

贺铸想着自己的亡妻，杨绛怀念着去世的钱钟书，即便对方已经不在人间，却因为这样的惦记，依然活在爱人心中。2017年，有一部感人至深的动画片《寻梦环游记》上映，里面有句话让我印象深刻：“死亡不是生命的终点，遗忘才是。”

曾经遇见，

留下
旖旎一片

——《玉楼春·桃溪不作从容住》周邦彦

玉楼春·桃溪不作从容住

周邦彦

桃溪不作从容住，秋藕绝来无续处。当时相候赤阑桥，今日独寻黄叶路。

烟中列岫青无数，雁背夕阳红欲暮。人如风后入江云，情似雨馀黏地絮。

这又是一个多情浪子的故事。

读词之前，咱们先来说说周邦彦的生平。前面说过柳永，他是北宋的慢词达人，喜爱风流。周邦彦亦如斯，年少成名，过着放浪形骸的日子，而且，他也与柳永一样，在他生活的年代是流行音乐的领军人物，有着无数粉丝争相唱他的词，时常“赢得青楼薄幸名”。

如果说柳永是宋词先锋，那么周邦彦就是集大成者，不只词写得好，诗词文赋是样样精通。最有名的，莫过于他年轻时写下一篇激情澎湃的《汴都赋》献给宋神宗。当时正逢王安石变法，皇帝一看，有人写了这么长的文章来歌功颂德，很是开心。可是呢，这篇文章里竟然有好多字连圣上都不认识，于是，他把“七岁知读书，日诵数千言”的尚书左丞李清臣叫到殿上，让他诵读。

李清臣随便扫了一眼，“魴鱒鰼鰝，鱖歸王鮪”“鼀鼉鼊蜃，含螿巨鼇”“鵯鶖鵜鵬，鶩鷺鳬鷖<1>”……这家伙是对着生僻字字典写出来的文章吗？但他还不能说“微臣做不到啊”，怎么办？那就硬着头皮上，不认识的字读一边。各位请自行脑补尚书大人当时的心理阴影面积。

终于读完了，尚书大人紧张得一身汗，好在皇帝很满意，手一挥，召周邦彦到政事堂面圣，并直接提拔为太学正，也就是高等学府里的教导主任。这篇赋一传播开，就让周邦彦成为了举国皆知的名人。

这还没完。更厉害的是，在他经历了一轮政治变革的漂泊生涯之后，宋哲宗上台，又读到了他这篇赋，同样感慨万分，再次把周邦彦召来面圣。于是，他又写了一篇《重进〈汴都赋〉表》献给新皇帝，并再次被提拔。

说起来，周邦彦可能要感谢他的老父亲周原。有个小段子说他父亲藏书颇多，并且每天早上起来都要焚香拜书，还因此被人笑话，周原却说，圣贤之道都在这些书里。虽然他自己一生都没有做官，却给了儿子一个对诗书无比尊重的环境。周邦彦出生在这样的家庭，阅读自然是涉猎广泛，博览群书，为创作打下了很好的基础。

<1>引文均为繁体字及异体字。

只可惜，他虽然喜欢阅读，却流连风月场所，年纪轻轻就和苏州一位叫岳楚云的歌伎情意绵绵。在后来，还与其他艺伎有过情感牵绊。这一点也和柳永挺相似的，音乐人嘛，写词者和演唱者之间的交道本来就多，本身又是多情之人，在苏杭这样的人间天堂，每天面对着清丽山水和美女，难免会有不少绯闻。后人流传最广的，要数他和李师师还有宋徽宗的三角恋。一个男人，前后与三位君王有关联，最后还与皇帝看上的女人有情感纠葛，在历史上也真是少见！

回到词作本身，虽然说周邦彦写的内容大多是一些男女之情，但他读那么多书不是白读的，从《汴都赋》一文可见其功底。在词作之中，除了格外考究音韵格律，他也常常在词中用到各种典故。

比如这首《玉楼春 · 桃溪不作从容住》，开篇就是“桃溪不作从容住”，表面意思是桃溪的水涣涣流淌着，不作停留，实际却是借用了刘晨和阮肇在天台山遇到仙女的典故。

在南朝的《志怪小说集》里记载了刘阮遇仙的故事。说的是汉明帝永平五年，剡县的刘晨、阮肇一起到天台山去采一种树皮，结果迷路了。在山里走了13天，干粮吃完，就快要饿死。一抬头，发现山上有棵桃树，挂满了大桃子，但是岩崖非常陡峭，山涧流水又很深，没路可走。但肚子饿啊，于是他们沿着藤蔓爬了上去，每人吃了好多个桃子。填饱肚子恢复体力后，他们回到岩崖下，用茶杯舀水准备漱口洗脸。结果，看见水中漂过来用来做食物的芜菁叶，很新鲜，接着又有一个杯子顺水而来，里面还有胡麻饭，两人便说："离这里不远处肯定有人家。"于是，他俩涉水逆流而上两三里路，翻过一座山后，发现一条大溪，溪边有两个姿色绝佳的女子，看见他们俩拿着茶杯走出来，便笑着说："刘、阮两位郎君，把刚才被水冲走的杯子拿来。"刘晨、阮肇面面相觑，又不认识，这两位女子怎么直呼他们的名字，好像旧相识似的。

女子问："怎么来晚了？"邀他们一同回家。后文不做详细翻译，讲的是家中已经布置妥当，还有美酒佳肴和婢女，两人莫名其妙地就办了一场婚宴。吃饱喝足之后，还同房了。10天之后，他们说要回去，女子又挽留他们停留了半年。已是春天，草木丛生，百鸟啼叫，他们思乡心切，于是女子召集三四十人搞了场盛大的欢送会，还给他们指了回去的路。谁知道，出去之后亲朋好友都找不着了，房屋也变了样子，四处询问后，从一个小孩口中听说先辈上山之后迷路没有回来，这正是他们的第七代子孙，当时已是晋太元八年，距离他们进山已经过去几百年了。

这个故事，被频频用在唐诗中，有艳遇的含义。周邦彦在词的开篇用到此典故，接着便写道"秋藕绝来无续处"，秋天的莲藕一旦断开就没有连接了，就像刘晨、阮肇与两位仙女，分别之后就永无再相见之日。可见，这首词写的是他对某段艳遇的回忆。

果然，“当时相候赤阑桥，今日独寻黄叶路”。赤阑桥经常被用到诗歌词作中，通常与杨柳相伴，是春之景；而黄叶，自然是代表深秋。如同前句的“桃溪”和“秋藕”一样，这里再次用季节暗示心情。春与秋，赤与黄，这一组对比让我的脑海中浮现出饱满生动的画面，在草长莺飞的春天，恋人彼此的心也像骄阳般火红炙热，而万物凋零的秋季，徒留形单影只的一个人，心也如黄叶一般枯萎。

周邦彦如果是画家，应该是印象派的高手。且看下句“烟中列岫青无数，雁背夕阳红欲暮”，一座座青山排列着，笼罩在烟雾之中，太阳就要落山了，满天晚霞与孤雁相映。太美了！可是，这美景却让人感到心碎。“人如风后入江云，情似雨馀黏地絮”，因为曾经相爱的人不在身旁，他就像风后残云的倒影，在水中漂漂摇摇，失魂落魄，而留在心中的情感却像雨后落满一地的花絮，原本轻飘的花絮此时却沉重地落在地面，正如他的那份爱意无法抹去。

虽然无从考证周邦彦这首词究竟为谁而作，且不去探求背后的爱情故事，单单从词作本身而言，已经无可挑剔。

说到才华与文采，周邦彦真是冠绝一时，也难怪他会被陈匪石评价为“集词学之大成，前无古人，后无来者，凡两宋之千门万户，清真一集，几擅其全，世间早有定论矣”。

人生之路漫漫，爱情又那么不可预期，我们都无法计算好自己会在什么时间什么地点遇见什么样的人。兴许，某个平常的日子，走到街上随意散散步，在某个转角的咖啡馆就发生了动人的爱情。

想到罗志祥唱的那首《爱转角》，只是歌里太凄凉：“爱转角以后的街，能不能有我来陪，爱转角遇见了谁，是否不让你流泪。”

爱情何必太卑微，既然谁也无法预料爱情的结局会如何，不如遵从内心所思所想，道法自然，至少能在心中留下旖旎一片。

如花美眷，

抵不过
似水流年

——《武陵春·春晚》李清照

武陵春·春晚

李清照

风住尘香[1]花已尽，日晚倦梳头。物是人非事事休，欲语泪先流。

闻说双溪春尚好，也拟泛轻舟。只恐双溪舴艋舟[2]，载不动许多愁。

〈1〉尘香：落花触地，尘土也沾染上落花的香气。
〈2〉舴艋舟：小船，两头尖如蚱蜢。

她是我在少女时期最喜欢的女词人，没有之一。上中学的时候，我有一本碎花封面的笔记本，里面摘抄了许多李清照的诗词，她的文笔太美了，名字也美。李清照，号易安居士，单单透过这清雅的姓名与字号，仿佛就看见了她出尘脱俗的美好。

这份美好，一直伴随着她的前半生。那时候，她是幸福快乐的，有着优裕的出身，父亲是藏书大家，又是当时有名的文士。在这样的家庭里，她学会了独立思考，小小年纪便已经才名远扬，平日里的生活也是恣意随性，诗酒人生。那种洒脱自然的态度，自成一派风情。

17岁时，她已是文坛女神，被众多文人雅士倾慕，这其中就有宰相赵挺之家的公子赵明诚。他博览群书，尤其擅长金石字画。两人相见后，可谓郎情妾意。18岁时，“千古第一才女”李清照与赵明诚结为夫妻，白富美遇见高富帅，更何况，还是“心有灵犀一点通”的灵魂伴侣，这样的婚姻无疑是幸福美满的。

都说“好看的皮囊千篇一律，有趣的灵魂万里挑一”，李清照和赵明诚就是那对有趣的璧人，他们的爱情生活也因此有了许多浪漫色彩。有一天，李清照走在路上遇见一个卖花人，便买了一支含苞欲放的，跑去问赵明诚：“你觉得，我好看还是花好看？”可是心里呢，“怕郎猜道，奴面不如花面好”。真是甜蜜的爱情才能滋养这样的情趣。

刚结婚时，赵明诚还是太学生，一个月只能回家两次。有次回家正逢上元节，他刚到家，仆人便说有一位公子求见。只见这位公子头戴绣花儒巾，身穿湖色锦袍，举止儒雅，眉目清秀，他却并不相识。于是，他起身问道：“公子尊姓大名？”这位公子举止潇洒，边作揖边答道：“小生与兄素有同窗之谊，半月不见，吾兄为何如此健忘？”赵明诚这才发现竟是女扮男装的李清照，忍不住开怀大笑。饭后，他特地带李清照去逛大相国寺，让她穿着男装走街串巷，好好感受这世间繁华百态。他专挑一些她没有吃过的民间小吃让她尝，买一些她没有见过的小玩意儿逗她开心。市井的一切都让李清照感到新鲜有趣，她快活得像个孩子一般。得夫如此，夫复何求？

在家时，他们吟诗作画，闲时赏花，还玩起了赌书饮茶的游戏。待赵明诚外出为官时，李清照也不遮掩内心孤寂，与丈夫别离的时间啊，真是“一种相思，两处闲愁。此情无计可消除，才下眉头，却上心头”，天天在家等着盼着，直至“帘卷西风，人比黄花瘦”。

他们的爱情，坦率又动人。在一起时的欢愉，离别时的愁思，都那么真实地表露在对方面前。谁说婚姻是爱情的杀手？在李清照和赵明诚的婚后生活中，依然充满了恋爱的快乐。赵明诚能真心欣赏才华比自己高的妻子，李清照也可以为了丈夫喜爱的金石字画收藏而节衣缩食。这时候，一切都是那么美好。

可惜，岁月静好的时间太短暂了。靖康二年，北宋灭亡，赵明诚的母亲在江宁病故。两年后，金兵再次入侵，赵明诚作为知府，竟选择了弃城逃跑。李清照从小便明白家国天下的道理，这件事，让她第一次对丈夫感到失望。

之后的岁月，他们一直是在战火和逃亡之中度过。谁曾料，赵明诚在出任湖州太守的途中病逝，从此，留下李清照一人面对这乱世的血雨腥风。从前节衣缩食收藏的金石图书在战火中尽毁，李清照带着仅存的文物一路逃亡。眼中的世界，已是“寻寻觅觅，冷冷清清，凄凄惨惨戚戚”。

孤单单一个女子，在崎岖坎坷的人生路上行走着，烽火连天无休止，而她只能不断地漂泊，流离异乡。就是在这样的凄凉里，她写下了《武陵春·春晚》。丈夫已经不在人世，她又有什么心情再梳妆打扮，面对这物是人非的世界？想说些什么，话未出口，泪水已经流了下来。她从小就喜欢在山水之间游玩，听说双溪那里春色不错，想去划船散散心。可是，内心的愁思那么沉重，去划船也无济于事，还是算了吧。

她在乱世中饱尝颠沛流离之苦，文物书籍也陆陆续续散失，到达杭州时，已是深陷绝望的境地。在她最脆弱无助的时候，遇到了比她小很多的张汝舟，他的关怀就像冬天里的暖炭，让她以为自己从此有了依靠。她不顾一切世俗批评嫁给了他，谁承想，这个男人感兴趣的只是赵明诚的文物收藏。

婚后，他发现李清照家中文物已所剩无几，不由得大失所望。而这些一直伴随着她的前夫遗物，李清照绝不会拱手相赠。这让张汝舟大为光火，为了得到这些财产，他对李清照谩骂不休，甚至拳脚相向。若是换作一般女子，兴许就被折磨至死了。可李清照是何许人？她宁愿坐牢，也绝不愿与这样的男人多待一天，于是写下一纸状书，以“虚报举数骗取官职”的罪名将张汝舟告上衙门，并要求离婚。

现如今，还有那么多女子在丈夫的折磨中卑微隐忍，逆来顺受，更不用说，在从来就只有休妻一说的古代。李清照却偏不，在没有爱情的婚姻里，倔强的她连一分钟也不想忍受，哪怕让自己落入牢狱，都好过与这样卑劣的人朝夕相处。最后，张汝舟被核实科举舞弊，流放他乡，李清照在关押9日后，被翰林学士等亲友设法救出。

这段婚姻总共不到百天，此后李清照再未嫁人。陪伴她走过余生的，是赵明诚的遗作《金石录》，她将之校勘整理，并写作《金石录后序》。尽管因时代的灾难而改变了人生，李清照晚年却并未消沉，反倒从个人的情感转向关注国家大事，借古喻今，写下许多诗词。只是，孤单地生活了十几年后，她最终还是故土难归，在异乡离开了尘世。

如花美眷，终究抵不过似水流年。但我最喜欢的李清照，无论在优裕自在的家庭中，还是在战火纷飞的乱世里，无论在甜蜜幸福的爱情中，还是在面对虚伪和暴力时，她都不曾有一刻钟放弃做自己。在走过北宋，走过南宋，走过千年之后，她的文字与她的故事，依旧被千百万人喜爱着。

思　念　是　一　种

很　玄　的　东　西

——《祝英台近·晚春》辛弃疾

祝英台近·晚春

辛弃疾

宝钗分[1]，桃叶渡，烟柳暗南浦。怕上层楼，十日九风雨。断肠片片飞红，都无人管，倩谁唤、流莺声住？

鬓边觑[2]，试把花卜归期[3]，才簪[4]又重数。罗帐灯昏，哽咽梦中语：是他春带愁来，春归何处？却不解、带将愁去。

<1>宝钗分：古代男女分别，有分钗赠别的习俗，即夫妇离别之意，南宋犹盛此风。

<2>鬓边觑（qù）：斜视鬓边所插之花。觑，斜视之意。

<3>把花卜归期：用花瓣的数目，占卜丈夫归来的日期。

<4>簪：作动词用，意思是戴簪。

这是南宋词人辛弃疾的一首闺怨词，作为豪放派词人，他写柔肠千结的女子情思并不多，也难怪后世的解读中，会认为他是借闺怨之词以抒发自己壮志难酬的郁闷。

就词作本身而言，辛弃疾这首并非我的心头爱。王国维说过：“词之为体，要眇宜修，能言诗之所不能言，而不能尽言诗之所能言。”这是词的特色，讲究一种意境之美，婉约流动的情绪要依靠读者的联想才能深刻体会。辛弃疾的闺怨词，落笔痕迹太重，你看他写的“断肠片片飞红，都无人管”，一板一眼，生怕读者不知道词中女子“断肠”和“无人管”。同样是以花寄情，就不如后主李煜的“林花谢了春红，太匆匆”，读到这句，脑海中马上就会浮现暮春的景色，“林花”是一大片的花朵啊，全部都凋谢了，词中没有出现“悲伤”“难过”，但伤感的情绪立刻就攫取了内心。也不如欧阳修的“泪眼问花花不语，乱红飞过秋千去”，我们似乎可以看见一位泪眼婆娑的女子，怀揣着忧思却无人可诉，在园子里与花对话，花与女子两相映衬，可这枝头花却不会回答女子的问话，反倒在风中飘落下来，一大片花瓣雨飞过秋千，真是凄美动人的画面。

在辛弃疾这首词中，就缺乏这样的意境，他太实在了，说悲伤就要出现“断肠”，说流泪就要出现“哽咽”。可我为什么还是选了这首词呢？词中有一处让我感动的细节，“鬓边觑，试把花卜归期，才簪又重数”，这是说，词中女子在与恋人分别后，不知道他哪天才会回来，看到自己云鬓上别的花朵，就试着数花瓣来占卜，数完之后，刚把花别上云鬓，又摘下来重数。这个小动作将女子的心思展现得淋漓尽致，让我们有种似曾相识的画面感。

在芭蕾舞剧《吉赛尔》中，乔装成平民的贵族小伙儿洛伊斯热情追求着美丽的少女吉赛尔，为了知道洛伊斯是否真心爱她，吉赛尔摘下门前的鲜花，用花瓣进行占卜。她数了数，最后一片是不爱，让她忧伤不已。见状，机灵的洛伊斯偷偷撕下一片花瓣，然后把那朵花拿给吉赛尔，让她重新再数一次。这次的结果当然是爱，吉赛尔展露出甜美的笑容，两人高兴地相拥而舞。

在诗剧《浮士德》中也有这样的一幕，浮士德挽着玛嘉丽特在花园散步，两人聊着聊着，她忽然挣开他的手，跑去采了一朵翠菊，将花瓣一片片地摘下。浮士德问她："你做什么？莫不是要扎一个花球？"玛嘉丽特摇头："不，只是好玩。""怎样玩？""您会笑我，不许您看！"她摘下一瓣，便呢喃一声。浮士德又问："你念的什么？"玛嘉丽特小心翼翼地数着花瓣："他爱我，不爱我……"浮士德说："真是散花的仙娥！"终于数到最后一瓣，玛嘉丽特娇喜地说道："他爱我！"

天真浪漫的少女时期，我们也曾这样占卜过吧！因为不知道对方的心思，在爱着对方的时候，想知道他是否也爱着自己，在思念对方的时候，想知道他是否也在思念自己。于是，我们不停地数着花瓣，用姓名笔画在草稿纸上计算配对比例，用塔罗牌占卜两人的恋爱是否会顺利。若是占卜的结果不好，总是不愿相信的，这朵花不行，就再换一朵，姓名笔画的配对比例不高，就换成小名或绰号，塔罗牌预示的情况不好，就重新再洗一遍牌，无论如何，一定要占卜到满意的结果才善罢甘休。

现在想起当时的场景，会忍不住发笑。可在青涩的少女时期，满心的情感无处寄托，只有利用手边一切可以利用的事物，期盼能带给内心些许虚无的安慰。

高中毕业那年，闺密阿琳听说了四叶草的故事，据说那是十万分之一的幸运，找到它，便找到了幸福。她很担心毕业之后就再也见不到自己喜欢的那个男生，为了找到一片四叶草，她每天从早到晚蹲在草丛中，寻找了整整一个夏天。这真是少女才有的情怀啊！

我读辛弃疾的闺怨词，常常是通篇下来并无惊艳，但其中的某一处细节却会引发内心的感动。他的另一首闺怨词《满江红·敲碎离愁》亦是如此。总觉得他太实在，字句少了些飘逸，意境少了份空灵，但那句“但试将、一纸寄来书，从头读”，与我们前面说到的“试把花卜归期，才簪又重数”有着异曲同工之妙。在与恋人分别之时，没有他的消息，该如何排遣心中的寂寞愁思呢？只有拿起他早前寄来的信，从头再读一遍了。

这样的情境真是再熟悉不过。在分隔两地时，相思无处寄放，我们不就是这么一遍遍、一天天地盯着相册里的影像，反复看着聊天记录，浏览他的空间日志，把他的朋友圈从头翻到尾，寻找一切与他有关的痕迹。

阿丽姐说，男友出国之后，她每天都是抱着手机睡着的，睡前一遍又一遍刷着聊天记录，忍不住偷偷蒙在被子里流眼泪，每天夜里她都会醒来好几次，睁开眼第一件事就是看手机，生怕会因为时差错过他的动态，没能在第一时间回复消息。

你看，这就是词中之句引发了读者的共情。即便相隔千年，我们还是能够感受到词中女子的所思所想，这些身处爱情之中，被思念折磨的女子，用来排遣相思的行为是何其相似！

哪怕春愁难消，引得一片痴言怨语，总好过漠然无心、各自寻欢。

浅　斟　低　唱　，

这　一　段
少　年　情　事

——《鹧鸪天·元夕有所梦》姜夔

鹧鸪天·元夕[1]有所梦

姜夔

肥水[2]东流无尽期，当初不合种相思[3]。
梦中未比丹青[4]见，暗里忽惊山鸟啼。
春未绿，鬓先丝，人间别久不成悲。
谁教岁岁红莲夜[5]，两处沉吟各自知。

〈1〉元夕：即元宵节，在旧历正月十五。

〈2〉肥水：即淝水。源出安徽合肥紫蓬山，东南流经将军岭，至施口入巢湖。

〈3〉不合：不应当；不该。种相思：留下相思之情，谓当初不应该动情，动情后尤不该分别。

〈4〉丹青：泛指图画，此处指画像。

〈5〉红莲夜：指元宵灯节。红莲，指灯节的花灯。

在《触不到的恋人》中有这样一句话：“人有3样东西是无法隐瞒的，咳嗽、穷困和爱，你想隐瞒越欲盖弥彰。”人生的悲惨之一，便是在极度贫穷的时候遇见自己心爱的人，那种深深的无力感，无奈的心酸，没有经历过的人永远无法体会。

有人说，爱才是最重要的，如果真的深爱一个人，就会通过自身努力，想尽一切办法改善生活境况，而不是拿贫穷当借口。然而，这都是在阳光下生活的人所看见的世界罢了。那些在泥沼中挣扎的人，为了糊口已经耗尽心力，对于爱情，只能卑微地仰望着那圣洁的光芒。

听朋友说起过他认识的一个绘画天才，没有任何背景，没有任何依靠，只有一个喝酒赌博的父亲和一个疯疯癫癫的母亲，从小便背负着债务与责任，连吃饭都成困难。他始终在社会最底层挣扎着，遇见自己喜欢的女孩时，连说出口的勇气都没有，他怕这份感情会成为她的负担。

这首词的作者姜夔，就是在贫穷的少年时代遇见了合肥的萧氏姐妹，初谙爱情的他，将这段恋情深深刻进心里，成为了一辈子的情伤。

姜夔真是个命运不济之人，尽管有着满腹诗文才华，又深谙音律，却终生都未入仕，屡试屡败后，开始了落魄的流浪生涯。为了糊口，他只能写点词曲卖给歌女，或是依靠朋友的接济，一直到老，都是这般凄凄惨惨，劳苦奔波。

这首词，便是在某年元宵佳节，他又一次梦见了初恋的萧家姑娘，回首那段往事，掩不住内心的思念与悲伤，于是写下此作。

元宵，本是古代热闹的情人约会日，对于姜夔，那些繁华与喧嚣却深深刺痛着内心，与旧时恋人一起度过的短暂时光，时隔20年后回想起来，依然还是这么难以释怀。据说，在他现存的84首词中，有20多首都是写给合肥的萧家姑娘的。

尽管在之后的人生里，他有了妻子，又得杨万里所赠歌伎小红，却始终无法抹去萧家姑娘在他心中的位置。那是他在20岁时，客游合肥结下的情缘。无奈他穷困潦倒，最后只得告别恋人，继续漂泊。兴许寒苦之中感受到的温暖最是难忘，直至婚后，他还常常梦见萧家姑娘。

在《踏莎行·燕燕轻盈》中，他写道，梦中分别之时，她还替他缝好衣裳。后来，他曾几次去往合肥，留下的词作中可见聚散离合时的恋恋不舍之情。一说，他妻子得知此事，专程去到合肥约见萧家姑娘，并让萧家姑娘嫁入为妾，哪知这姑娘心气清高，竟选择投河自尽；另一说，不知什么原因，姜夔再去合肥时，萧家姐妹已经离开，从此再无相见。

不论是何种因由，合肥都成为了姜夔心里的一座伤城，在往后的岁月里，即便无法再相见，他依然没有放下对萧家姑娘的深切思念。“当初不合种相思”，正是因为没有在一起，相思才像奔涌的河流一样绵绵不绝。在这首词中，鬓生白发的姜夔感叹道：“人间别久不成悲。”是时间消减了别离的悲伤，在平淡的生活中，那些过往也如同梦中人、画中像一样模糊了音容吗？不。兴许，他们已经不像当初分离时那般痛彻心扉，但相思还在，深情依旧，只是“两处沉吟各自知”罢了。

在《鹧鸪天 · 正月十一日观灯》中，他写道，带着女儿逛灯市时，又一次想起往事，那句“少年情事老来悲”赤裸裸地展露了心迹，于他而言，初恋的感情一直萦绕在心头，在心里扎了根，长成了一棵参天大树，不到生命结束的那天，便无法将之拔出。

姜夔这份深情，在寂寥悲惨的现实面前，更添了一层愁云。现如今，在选择爱情的时候，更多人宁愿在宝马车上哭，也不愿在自行车上笑。贫穷，就像是传染病一般，让人避之唯恐不及。

我记得读研时认识的一个女孩，初识之时，看起来温和美好的样子。大家都知道，她有一个谈了3年恋爱的男朋友。3年来，男友一直对她很好，千依百顺地宠着她，只不过，他是一个普通的打工仔，收入微薄，家庭条件也不太好。毕业前夕，女孩认识了一个在北京做外企高管的男人，长得并不好看，个子也矮，但多金有风度，他对女孩表达了好感。两天后，女孩对男友说："我们分手吧，以后也不要再见了。"无论男友怎么苦苦哀求，女孩都没有回心转意，她将所有的联系方式一个一个删除，躲在房间大哭了一场，然后飞往北京。

她说，下这个决定并不容易，因为男友对她很好，她怕自己再也找不到一个这么好的人，可是，她也清楚地知道，以男友的条件，根本无法满足她想要的生活，连房子也买不起。尽管他可以把自己拥有的一切都给她，但对于她而言，没有一样是她想要的。她不会去跟他租房结婚，也不愿穿着廉价的衣服，算计着柴米油盐的成本过日子。

女孩说这番话的时候，住在北京的大房子里，有一整间大大的衣帽间。男人经常出差，每逢他回来的日子，她都会将家里收拾得特别整洁，买一束花，装扮得温馨又浪漫。在其余的时间里，她可以去逛商场，看电影，约女伴喝下午茶。她觉得，这才是她想要的生活。回想起与前男友一起度过的三年时间，她并不觉得留恋，也一直没有后悔自己当初的狠心。

现实真的很残酷。我们有很多的梦想，都需要金钱作为支撑。在生存已是困难重重的时候，爱情也变得举步维艰。浪子元稹那句“贫贱夫妻百事哀”，说尽了无数家庭的辛酸坎坷，但你可知道，那句话出自他写给妻子的悼亡诗。时过境迁，当他看到遗留的衣物时，想起的是曾经与自己共患难的妻子，和那份肝肠寸断的永别之痛。

像姜夔这般，牵挂着一段少年情事到老，固然感人心肺，但他实在太惨了。而那些为了物质放弃爱情的人，也并非都过得尽如人意。爱恨别离在这世间轮回，自有它的规律，不如道法自然，“在薄情的世界里深情地活着”吧。

星　月　秋　风　，

思　念
是　爱　的　回　声

——《蟾宫曲·春情》徐再思

蟾宫曲·春情

徐再思

平生不会相思，才会相思，便害相思。
身似浮云〈1〉，心如飞絮，气若游丝。
空一缕余香〈2〉在此，盼千金游子何之〈3〉。
证候〈4〉来时，正是何时？灯半昏时，月半明时。

〈1〉身似浮云：形容身体虚弱，走路晕晕乎乎，摇摇晃晃，像飘浮的云一样。

〈2〉余香：指情人留下的定情物。

〈3〉千金：喻珍贵。千金游子：远去的情人是富家子弟。何之：往哪里去了。

〈4〉证候：即症候，疾病，此处指相思的痛苦。

某个春日午后，你在学校的操场上观看球赛，中场休息的时候，那个男孩忽然大汗淋漓地跑到跟前，把你手中喝了一半的矿泉水拿过去拧开，咕嘟咕嘟一气喝完，说了句“谢了”，顺手把空瓶子递回你手中，又匆匆回到赛场。从那天起，好像，你有些不一样了。

走进教室，目光总会不自觉地朝4排3座看去；放学路上，总在成群结队的人群中搜寻着那个熟悉的身影；每逢昼夜交替时，思绪像脱线的风筝飞出去很远很远；夜深人静时，脑海中现实与幻想的画面交替上映，让你分不清到底是梦还是回忆。

徐再思的曲读起来，便有着这样的魔力。

曾经年少时，我很迷恋华丽的文字，像是绣满蕾丝花边的公主裙，层层叠叠的珍珠装饰着衣角，给人浪漫梦幻的感觉。随着阅读量的不断增多，反倒越来越喜欢那些简洁如诉的文章，如同一袭剪裁得体，没有一丝累赘与多余的素色衣裙，却能将最美的气质显露无遗。徐再思的曲在我看来，就是这样的素色衣裙。

他是浙江嘉兴人，号为甜斋，据说是因为他喜爱吃甜食。这么一来，我也就不难理解为啥他的文如此清丽悠然，如童谣一般。爱吃甜食的人，一定有着一颗童心，而孩子的思维是最广阔无限的。

你一定读过他的那首《无题》："一望二三里，烟村四五家。楼台六七座，八九十枝花。"这样的小诗，真真是干净纯粹，如同一幅小小的水彩画，简约却充满童趣，三四岁的儿童也能朗朗上口。读到这首小诗，总会让我想起小时候去乡村和弟弟妹妹玩耍的情景，我们每人摘下一枝细竹，把最嫩的叶子拔掉，留下一个小孔，再采了野花来，一朵朵插在小孔上，看谁插的花最好看。

最好的文字，不是满篇技巧与修辞，而是深入浅出地讲述着最纯真的情感，却不露痕迹。

他的这首《蟾宫曲·春情》，亦是以白描的手法将一位思春少女的心情刻画得入木三分。没有过多的铺垫与背景，开篇便直入主题，“平时不会相思，才会相思，便害相思”，重要的事情说3次，一下子就在我们眼前描绘出一位害了相思病的女子形象。

还记得你初恋时的忐忑与激动的心情吗？就像开头提到的那位女生一样，正因为从来没有经历过心动，才会在坠入爱河的时候无法控制地想着对方，若是久久不能相见，这思念之情便淤积在心里，成为一块心病。

这种病是怎样的症状呢？作者用了3个比喻来形容，“身似浮云，心如飞絮，气若游丝”，肉体已经失了灵魂，每天木然地游来荡去，就像天空中飘浮的云朵，内心无处安放，如同无枝可依的柳絮被风吹来吹去，甚至连呼吸都变得困难了，简直就要活不下去。真是“入我相思门，知我相思苦”。

下一句“空一缕余香在此，盼千金游子何之”，有解读认为“余香”是男子留下的定情信物，也有人认为是焚香祈祷丈夫早日平安归来，在我看来，这句的重点在“空”和“盼”二字。见不到心上人，女子感到内心空落落的，不知道什么时候能再相见，牵挂的那个人此时又在哪里呢？

这喃喃自语般的诉说，将女子相思成疾的模样完整地展示了出来。作者借女子之口继续梦呓似的独白，“证候来时，正是何时？”这要命的相思病发作最厉害的时间是什么时候呢？“灯半昏时，月半明时”，是寂寞的深夜啊，灯火与月光在半明半暗间闪烁着，久久不能入眠的人被相思之情折磨着，脑海中满是关于心上人的点滴，让她魂不守舍，郁结难消。

“平生不会相思，才会相思，便害相思”，我们都曾经历过对某个人刻骨铭心的思念，时隔多年后，兴许已想不起来他的容貌，却还能清晰记得自己当时的感受。那是初涉爱情时，在柔软心底留下的一枚烙印。

这首关于相思的曲子，让我想到毛阿敏的歌曲《思念》，不知你是否听过歌曲背后那段让千万人为之落泪的爱情？

故事发生在上个世纪初，有个叫乔庆瑞的少年为报效祖国，冲锋上阵一走就是8年。做父母的难免放心不下，一直心心念念要让儿子早点把婚事办了，好在心里有个牵挂，在战场上兴许会更小心保护自己的生命。当他回到故里的时候，父母开心地张罗着，给他办了婚事，将与乔庆瑞同龄的农家姑娘张福贞娶回了家。

乔庆瑞心里并不认可包办婚姻，但受父母之命，还是拜了堂。洞房之前，他都一心想着要如何摆脱这个新娘。可是，就在张福贞伺候他洗脚的时候，四目相遇，才忽然发现原来他的新娘是这样一个纯朴又美丽的姑娘。他称呼她“婉君”。

爱情才刚刚开始，便遭遇了分离。在新婚第三天，因为卢沟桥事变，抗日战争全面爆发，乔庆瑞接到急电需火速归队，他不得不与妻子告别。在战乱年代，没有谁可以保证自己的安危，他对妻子说，若是不能平安归来，不要等他。张福贞已成泪人，却坚定地说道：“既嫁之，生死都是你的人，你安心走吧，父母兄弟我会尽责，让你无后顾之忧。”

不承想，一别竟是51年。

漫长的岁月里，张福贞遵照着自己的承诺，悉心照顾一家人。而乔庆瑞，在撤去台湾前想尽一切办法也未能与家人取得联系，相隔两岸无法通信，又听闻家乡已在炮火中化为灰烬，他痛苦不已。后来，在台湾娶妻生子有了新的家庭。

他们之间，唯一的牵连便是彼此那无声无形的思念。

直到弟弟乔羽在大陆成名，四处托关系，才终于与二哥有了联系。乔庆瑞回到阔别51年的家乡。

听见门外传来“婉君，婉君”的呼唤声，张福贞忍了这许多年的思念之情一下子涌上心头，激动，慌乱，几乎忘记了怎么呼吸，她踉踉跄跄起身，却跌倒在地，泪如泉涌地喊着他的名字爬到屋外，两位已是头发花白的老人就这么相拥着跪在地上，所有的委屈与思念都化成泪水，不断地流下来。

仅仅三天的婚姻，却凭着思念坚守了一生。

这次相聚，也只有短短29天。张福贞却说：“有生之年还能见到他，知足了……走吧，他还有家，我不能误了他。”

兴许是心里堆积了太多的愧疚与伤痛，乔庆瑞回到台湾后长病不起。在去世前三天，他给弟弟乔羽打电话，翻来覆去都是几句话：“我总是一做梦就回到了家，还吃上了热腾腾的水煎包子，那时你二嫂穿着红色嫁衣，笑起来很好看……你二嫂还好吗？替我好好照顾她。”

思念的风筝被戛然扯断，得知乔庆瑞病逝的消息时，张福贞不言不语地接受了最终的离别。兴许，从新婚第三天起，乔庆瑞就一直活在她心里，永远不会死去。

直到6年后的弥留之际，她拿出一把小小的钥匙，让家人打开自己锁了66年的箱子。看到里面摆放着早已落满灰尘的嫁衣和小脚绣花鞋，所有人都明白了她心里所想，赶紧拿出来放在她身边。张福贞看了一眼，便安详地走了。

《蟾宫曲 · 春情》中，女子的思念就像王菲在歌里所唱：“思念是一种很玄的东西，如影随形，无声又无息出没在心底，转眼吞没我在寂寞里，我无力抗拒，特别是夜里，想你到无法呼吸，恨不能立即朝你狂奔去……”

张福贞的思念，却已经化成了活着的力量与支柱，只要想到那个人，只要见过一眼，就算要承担再多苦难，我都愿意。因为是你。

先君寫此時甫四十八歲故用筆設色之精非
他幅可擬追數當時已六十二寒暑矣藏者其
寶惜之
萬曆六年七月 仲子嘉題

蟾宫曲·春情　徐再思

平生不会相思，才会相思，便害相思。
身似浮云，心如飞絮，气若游丝。
空一缕余香在此，盼千金游子何之。
证候来时，正是何时？灯半昏时，
月半明时。

鹧鸪天·元夕有所梦　姜夔

肥水东流无尽期，当初不合种相思。梦中未比丹青见，暗里忽惊山鸟啼。春未绿，鬓先丝，人间别久不成悲。谁教岁岁红莲夜，两处沉吟各自知。

宝钗分，桃叶渡，烟柳暗南浦。怕上层楼，十日九风雨。断肠片片飞红，都无人管，倩谁唤、流莺声住？

鬓边觑，试把花卜归期，才簪又重数。罗帐灯昏，哽咽梦中语：是他春带愁来，春归何处？却不解、带将愁去。

武陵春·春晚 李清照

风住尘香花已尽，日晚倦梳头。
物是人非事事休，欲语泪先流。
闻说双溪春尚好，也拟泛轻舟。
只恐双溪舴艋舟，载不动许多愁。

玉楼春·桃溪不作从容住　周邦彦

桃溪不作从容住，秋藕绝来无续处。
当时相候赤阑桥，今日独寻黄叶路。
烟中列岫青无数，雁背夕阳红欲暮。
人如风后入江云，情似雨馀黏地絮。

鹧鸪天·重过阊门万事非 贺铸

重过阊门万事非，同来何事不同归？梧桐半死清霜后，头白鸳鸯失伴飞。原上草，露初晞。旧栖新垅两依依。空床卧听南窗雨，谁复挑灯夜补衣。

卜算子·我住长江头 李之仪

我住长江头，君住长江尾。
日日思君不见君，共饮长江水。
此水几时休，此恨何时已。
只愿君心似我心，定不负相思意。

临江仙·梦后楼台高锁　晏几道

梦后楼台高锁，酒醒帘幕低垂。去年春恨却来时。落花人独立，微雨燕双飞。

记得小蘋初见，两重心字罗衣。琵琶弦上说相思。当时明月在，曾照彩云归。

多情自古伤离别，更那堪，冷落清秋节！今宵酒醒何处？杨柳岸，晓风残月。此去经年，应是良辰好景虚设。便纵有千种风情，更与何人说？

雨霖铃·寒蝉凄切　柳永

寒蝉凄切，对长亭晚，骤雨初歇。
都门帐饮无绪，留恋处，兰舟催发。
执手相看泪眼，竟无语凝噎。
念去去，千里烟波，暮霭沉沉楚天阔。

其二

昨夜夜半，枕上分明梦见。语多时。

依旧桃花面，频低柳叶眉。

半羞还半喜，欲去又依依。

觉来知是梦，不胜悲。

女冠子二首　韦庄

其一

四月十七，正是去年今日，别君时。

忍泪佯低面，含羞半敛眉。

不知魂已断，空有梦相随。

除却天边月，没人知。

皑如山上雪，皎若云间月。
闻君有两意，故来相决绝。
今日斗酒会，明旦沟水头。
躞蹀御沟上，沟水东西流。
凄凄复凄凄，嫁娶不须啼。
愿得一心人，白头不相离。
竹竿何袅袅，鱼尾何簁簁。
男儿重意气，何用钱刀为？

赠邻女 鱼玄机

羞日遮罗袖，愁春懒起妆。
易求无价宝，难得有情郎。
枕上潜垂泪，花间暗断肠。
自能窥宋玉，何必恨王昌。

无题·相见时难别亦难　李商隐

相见时难别亦难，东风无力百花残。
春蚕到死丝方尽，蜡炬成灰泪始干。
晓镜但愁云鬓改，夜吟应觉月光寒。
蓬山此去无多路，青鸟殷勤为探看。

南歌子词二首　温庭筠

其一

一尺深红胜曲尘，天生旧物不如新。
合欢桃核终堪恨，里许元来别有人。

其二

井底点灯深烛伊，共郎长行莫围棋。
玲珑骰子安红豆，入骨相思知不知。

君家何处住，妾住在横塘。停船暂借问，或恐是同乡。

家临九江水，来去九江侧。同是长干人，自小不相识。

下渚多风浪，莲舟渐觉稀。那能不相待？独自逆潮归。

三江潮水急，五湖风浪涌。由来花性轻，莫畏莲舟重。

金缕衣

劝君莫惜金缕衣，
劝君惜取少年时。
花开堪折直须折，
莫待无花空折枝。

十六君远行，瞿塘滟滪堆。
五月不可触，猿声天上哀。
门前迟行迹，一一生绿苔。
苔深不能扫，落叶秋风早。
八月胡蝶黄，双飞西园草。
感此伤妾心，坐愁红颜老。
早晚下三巴，预将书报家。
相迎不道远，直至长风沙。

长干行·妾发初覆额　李白

妾发初覆额，折花门前剧。
郎骑竹马来，绕床弄青梅。
同居长干里，两小无嫌猜。
十四为君妇，羞颜未尝开。
低头向暗壁，千唤不一回。
十五始展眉，愿同尘与灰。
常存抱柱信，岂上望夫台。

题都城南庄 崔护

去年今日此门中，
人面桃花相映红。
人面不知何处去，
桃花依旧笑春风。

月夜 杜甫

今夜鄜州月，闺中只独看。
遥怜小儿女，未解忆长安。
香雾云鬟湿，清辉玉臂寒。
何时倚虚幌，双照泪痕干。

岂敢爱之？畏人之多言。
仲可怀也，人之多言，亦可畏也。

将仲子兮，无窬我里，无折我树杞。
岂敢爱之？畏我父母。
仲可怀也，父母之言，亦可畏也。
将仲子兮，无窬我墙，无折我树桑。
岂敢爱之？畏我诸兄。
仲可怀也，诸兄之言，亦可畏也。
将仲子兮，无窬我园，无折我树檀。

出其东门，有女如云。
虽则如云，匪我思存。
缟衣綦巾，聊乐我员。
出其闉阇，有女如荼。
虽则如荼，匪我思且。
缟衣茹藘，聊可与娱。

国风·郑风·子衿

青青子衿，悠悠我心。
纵我不往，子宁不嗣音？
青青子佩，悠悠我思。
纵我不往，子宁不来？
挑兮达兮，在城阙兮。
一日不见，如三月兮。

子惠思我，褰裳涉溱。
子不我思，岂无他人？
狂童之狂也且！
子惠思我，褰裳涉洧。
子不我思，岂无他士？
狂童之狂也且！

静女其姝，俟我于城隅。
爱而不见，搔首踟蹰。
静女其娈，贻我彤管。
彤管有炜，说怿女美。
自牧归荑，洵美且异。
匪女之为美，美人之贻。

汎彼柏舟，在彼中河。
髧彼两髦，实维我仪；之死矢靡它。
母也天只！不谅人只！
汎彼柏舟，在彼河侧。
髧彼两髦，实维我特；之死矢靡慝。
母也天只！不谅人只！

终风且暴，顾我则笑，谑浪笑敖，中心是悼。
终风且霾，惠然肯来，莫往莫来，悠悠我思。
终风且曀，不日有曀，寤言不寐，愿言则嚏。
曀曀其阴，虺虺其雷，寤言不寐，愿言则怀。

南有乔木，不可休思。汉有游女，不可求思。
汉之广矣，不可泳思。江之永矣，不可方思。
翘翘错薪，言刈其楚。之子于归，言秣其马。
汉之广矣，不可泳思。江之永矣，不可方思。
翘翘错薪，言刈其蒌。之子于归。言秣其驹。
汉之广矣，不可泳思。江之永矣，不可方思。

国风·周南·关雎

关关雎鸠，在河之洲。窈窕淑女，君子好逑。
参差荇菜，左右流之。窈窕淑女，寤寐求之。
求之不得，寤寐思服。悠哉悠哉，辗转反侧。
参差荇菜，左右采之。窈窕淑女，琴瑟友之。
参差荇菜，左右芼之。窈窕淑女，钟鼓乐之。

闲时花下酒　临帖集